光文社文庫

文庫書下ろし

あなたの職場に斬り込みます！

上野　歩

光　文　社

目次

第一章　銅像にお辞儀

1

見渡せば、みんながマスクを着けている。もはや日常となった風景だ。コロナ禍で現実が変わってしまった。しかし、この春も桜は花開いてくれる。二〇二一年四月、間宮《まみや》璃子《りこ》は異動先に初出勤するため、北《きた》の丸《まる》公園の傍らを歩いていた。ふと立ち止まり、満開の桜を振り仰ぐ。ピンクの霞《かすみ》の上にちょこんと覗いている金色のＵＦＯみたいな物体は、日本武道館の屋根のてっぺんにある擬宝珠《ぎぼし》だ。

次に、皇居の堀の石垣に目をやる。二十四歳の若い女子でありながら、自分は昭和の時代劇ファンだ。ゆえにこれから毎日、江戸城を横目に通勤できるというのは、堪《こた》えられんのでござるよ。白いマスクの下で頬《ほお》が緩む。

九段坂上《くだんざかうえ》で内堀通りに折れると、スマホのナビが目的地に到着して案内を終了した。

「こ、これって……」

言葉を失い、建物を眺めていた。茶色い煉瓦《れんが》造りの、古く細長い四階建てである。はっとして、もう一度スマホ画面の住所を確認した。

「やっぱ合ってるし」

そして、住所の末尾にある建物名を見て、なんとなく納得してしまう。

「九段上《くだんうえ》ビル……ヂング。ビルヂングだもんな」

アーチ状の玄関の向こうに、いきなりコンクリートの階段が伸びている。エレベーターなどないようだ。昼なお暗い、ひんやりとした空気の階段を最上階まで上っていく。運動嫌いなリコは、すぐに息が切れた。四階までたどり着くと、三つ並んでいるドアのうち一番階段寄りのドアをノックした。そこが、通達された住所にある四〇一号だった。古い木のドアで、明り取りの磨《す》りガラスも一緒にカタカタ音を立てる。中から、「アータの職場だ、ノックなんていらないよ。お入り」女性のしゃがれた声が聞こえた。

一瞬うろたえたが、「失礼しまーす」とリコはドアを引いた。そして、思わず息を呑《の》む。部屋の奥の窓の向こうに、堀の水面になだれ込むように咲き乱れる満開の桜が広がっていたからだ。

「どうだい絶景だろう?」

ハスキーボイスの主は、五十歳くらい。黒い髪がきつめのパーマで渦を巻いていた。外科医チックな水色の不織布《ふしょくふ》マスクの上にある、ぎょろっとした目がこちらを見ていた。皇居の桜を背に、出入り口から正面に位置する席に座っている。

リコは後ろ手にドアを閉めると、ぺこりと頭を下げた。

彼女が立ち上がり、「アタシャ、こんな顔をしているよ」とマスクを外してみせる。口が横に大きく、顎《あご》が四角い。背は高くないが、身体も横に大きかった。

「室長の漆原《うるしばら》小百合《さゆり》だ」

そう名乗ると、再びマスクを着ける。

「あの、漆原室長、なぜさっき、姿も見ていないのに、〝アータの職場だ、ノックなんていらない〟とおっしゃったんです?」

「漆原室長なんて、堅苦しい呼び方はよしとくれ。サユリでいい」

「あ、では、サユリ……さん」

と遠慮がちに言い直す。

「今日オープンしたばかりのここにやってくるなんて、アータくらいしかいないだろ。厚生労働省東京労働局雇用環境《こようかんきよう》・均等部《きんとうぶ》千鳥ケ淵《ちどりがふち》分室《ぶんしつ》にようこそ」

それが、リコの異動先だった。

狭い部屋で、デスクが三つ寄せて置かれているほかは、ドアを入ってすぐ左脇に応接セットがあるだけだ。

「そうそ、アータだけじゃなかったね。今日この日、ここにきた人間がもうひとりいた」

小百合が目を向けた先に、若い男性が立っている。さっきからの小百合とリコのやり取りにはいっさい無関心に、窓外の桜を眺めていた。パンツのポケットに手を入れ、クールな後ろ姿を見せている。

「彼、ジョウガサキ」

小百合が紹介すると、手ポケ男がくるりとこちらに身体《からだ》を向けた。黒いマスクをしている。

「あ、違いまーす。城《じょう》ケ崎《がざき》っスぅ。サキじゃなくて、ザキと濁ります。城ケ崎以蔵《いぞう》で

〜す」

クールな印象に反し、ユルいしゃべりだった。労働局という堅い任務に就く公務員にしては、後ろ髪が長い。ネイビーの細身のジャケットに、グレーの細身のパンツ、薄いブルーのボタンダウンカラーの間で黒いニットタイをゆったりと結んでいる。ドレスコードもビミョーにユルかった。小百合は、大きなお尻をスカートに押し込んだ黒いビジネススーツ姿だったし、リコも黒いパンツスーツに白シャツである。

「サキだってザキだっていいじゃないの。意外に細かいね」

小百合がにやりとした。

〝細かい〟って……。

「じゃ、アータはジョーだ」

「ジョー」

以蔵がぼそりと繰り返す。だが、不平は言わなかった。二十七、八歳、いや、二十八、九といった感じか、彼は。

「ジョーはね、中央労働基準監督署からスカウトした」小百合が、リコのほうを見て説明する。「アタシが自ら中央署に出向き、第一方面の主任に頼みこんだの。一主任《いちしゅにん》は

〝うちのエースを〟って渋ってたけど、どうしても〝斬り込み以蔵〟と異名をとる彼が欲しかったんだ」

「それ〝人斬り以蔵〟みたいですね！」

思わずリコは口走っていた。

「〝人斬り〟って、物騒じゃァネ」

と以蔵が苦笑する。

「〝人斬り以蔵〟と呼ばれた岡田《おかだ》以蔵は、幕末の最強暗殺剣士です！　ずばり『人斬り』って映画で、主役の以蔵を勝新太郎《カツシン》が演じてます！　でも、あたしなら大河ドラマの『勝海舟《かつかいしゅう》』で萩原健一《ショーケン》が演じてた以蔵がイチ推《お》し！　もう、表情がせつなくって……」

て、いけね！　どうしても趣味の時代劇に関連した話題になると暴走してしまう。

小百合も以蔵も、目を丸くしていた。リコが顔が火照《ほて》るのを意識していると、小百合が再び口を開く。

「ここ、コキン部分室の使命は、労働基準法、職業安定法、男女雇用機会均等法など、いずれにも限定しない職場の問題にフレキシブルに対応すること。上からは、特例事案指導官というもっともらしい名前をもらったけど、まあ、それこそ職場の斬り込み隊ってところね」

「職場の斬り込み隊ですか！」

リコが声を上げると、小百合が頷《うなず》いた。

「ひとつの法に限定されないような職場の問題を扱うからこそ、斬り込み隊は餅は餅屋の専門家集団にすべきだとアタシャ思ったね。すなわち、労働基準法に則って事業場《じぎょうじょう》の改善を行う労働基準監督官と、職業安定法の裏打ちで業務を行うハローワークの職員を、所属の垣根を超えてスタッフに迎え入れるってことさ。男女雇用機会均等法に基づいて就業環境づくりを指導する我がコキン部に、人事交流でレンタル移籍してもらおうってね。コキン部分室は、予算も人も限られてる。少数精鋭ってことで、労働基準監督官のジョーに来てもらった」

秀でた額に前髪をひと筋垂らした以蔵は、目もとが涼しい。彼が黒いマスクを外して顔の下半分を覗かせた。高い鼻梁《びりょう》の下で、冷酷そうな薄い唇が皮肉な笑みを浮かべている。なかなかのイケメンだ。

「よろぴく」

しゃべりはユルいけど。

そこでリコは、はっと気がつく。

「サユリさん、今、少数精鋭っておっしゃいましたね？」

「いかにもだね」

「じゃ、城ケ崎さんが――」

と言いかけたら、「あ、ジョーだからね」と、すぐさま小百合に訂正される。

「ジョーさんが監督署からスカウトされたように、あたしもハローワークからスカウトされたってことなんでしょうか？」

すると小百合からは、「違うね」とあっさり否定されてしまった。

「かねてより敬愛しているハローワーク吾妻《あずま》のチャコ所長に、誰でもいいから人を貸してもらえないでしょうかって頼んだのさ」

〝誰でもいいから〟って……。

「そしたらチャコ所長が、〝ぜひとも仕込んでもらいたい職員がいるから〟って、あんたを預かったのさ」

チャコ所長――丸山久子《まるやまひさこ》所長がそんなことを。

「〝うちのマンマミーアちゃんをよろしく〟って、チャコ所長が言ってた。あんた、アズマでかわいがられてたんだね」

　ハローワーク吾妻での日々が、ふと懐かしくなった。だが、こうしてコキン部分室にやってきたからには、ここで頑張る！

「間宮璃子です。よろしくお願いします」

　そう名乗ってから白いマスクを外し、顔を見せた。自分の顔って、どんなだろう？　友だちからは「あんたの目って縦に大きいよね」と言われる。髪をポニテにしているのは、出勤前に後ろでひとつに結う時、サムライの気分に浸れるからだ。

「さて、自己紹介は済んだね」

　マスクの上に覗いている小百合の眼光が鋭い。

「ジョー、マンマミーアちゃん、初陣《ういじん》だよ！　さっそく、あんたたちに斬り込んでもらいたい事業所がある！」

2

「おまえ、安定所でなにしてたわけ？」

以蔵にそう訊《き》かれる。労働基準監督署もハローワークも同じく労働局の管轄下にあった。そしてハローワークはあくまで愛称で、正式名称は公共職業安定所である。

「雇用保険の失業給付窓口にいました」

リコが応えると、「ふーん」と関心があるようなないような反応を見せた。おまえと俺とでは、レベル《レ ベ》が違う《チ》というところか。

九段下《くだんした》駅から乗り込んだ地下鉄東西《とうざい》線を銀座《ぎんざ》線に、さらに新橋《しんばし》で新交通ゆりかもめに乗り換えていた。窓外に、湾岸の風景が広がっている。ゆりかもめの先頭車両に乗ることにこだわっていた以蔵は、リコと話す間も真っすぐに窓外の風景を見つめている。その彼が、「おお」と短く声を上げた。ゆりかもめが大きくカーブし始めたからだ。

「おまえ、どーしてこのポイントで、ゆりかもめが円を描いて走るか知ってるー？」

「さあ、乗客に東京湾の風景を楽しんでもらうためですか？」

「ブー。答えはスリップ防止。レインボーブリッジとの高低差が約三〇メートルあって、それを一気に駆け上がろうとすると急坂になってスリップの危険性があるからー」

「へえ」

「でもマンマミーアが言うとおり、確かにこの大回転はアトラクティブでもあるわなー」

リコは、以蔵の蘊蓄《うんちく》に耳を傾けるつもりはさらさらなく、「コキン部は、なんで千鳥ヶ淵に分室なんてつくったんですかね？　九段下の合同庁舎内に設けたらいいのに」と言っていた。合同庁舎までは十分ほどの距離で、電話も内線でつながっている。だから、分室のメンバーが全員出払っている時には、合同庁舎でかかってきた電話の対応をしてくれることになっていた。

「部屋がいっぱいなんじゃネ。それに、新しい取り組みを始めたって、意気込みのアピールなんじゃねーの。いかにも好きそうだろ、そーゆーの」

「やっぱ霞が関《かすみがせき》本省からの指示なんでしょうか？」

するとと黒いナイロン製のビジネスバッグをショルダーベルトで斜め掛けした以蔵が、

「うーん」と腕を組んだ。

「い〜や、もっと上からのお達しかもな」

「上って、どのあたりまで上なんですか？」

彼が涼しげな目でこちらを見る。

「そんなの、ぺいぺいの俺らに関係ねーだろ。目の前の事案に取り組んでりゃいいんじゃネ？」

ゆりかもめは台場駅に吸い込まれていき、ふたりは下車した。そして目指す事業所は、駅のすぐ目の前だった。ちなみに、ハローワークでは求人先の企業を事業所と呼んでいた。コキン部でも同じく事業所と呼んでいる。監督署では、事業場と呼んでいた、と以蔵が道々話していた。

本省のホームページに情報メール窓口があって、解雇、雇い止め、不当な配置転換、採用取り消し、賃金の引き下げなどに関する情報を送信できる。労働者本人やその家族から、あるいは匿名《とくめい》でかかってくる電話でも情報が寄せられる。あまり当てにならない通報もあるのだが、全国の労働局を通じて「管轄下にあるこの会社を監督せよ」と指令が日々送られてくるのだ。通報の中にはイジメ・嫌がらせ、セクハラ、パワハラに関連するものもあって、そうした事案はコキン部が対応することになる。働く人の視点に立って労働制度を改革し、ワークライフバランスの実現や労働生産性の改善を促す働き方改革関連法（正式名は「働き方改革を推進するための関係法律の整備に関する法律」）が二〇一八年の通常国会で成立すると、労働現場からの通報はさらに膨れ上がったという。そうした事案の数々は、ノルマとなって労働基準監督官とコキン部の指導官の肩に重くのしかかった。その中でも、監督官と指導官が取り扱えない（取り扱わない？）事案が、コキン部分室へと送られてくることになったのだ。

「ここだ」

と以蔵が見上げたのは、ガラス張りの巨大なビルだった。九段上ビルヂングとはわけが違う。チカミ機械工業株式会社。日系巨大工作機械メーカーのひとつである。

小百合からの指示は、「チカミ機械工業にはね、奇妙な会社ルールがあるらしいんだ。しかし、まあ、匿名のメール情報だからね。まず真偽を確かめてほしい」というものだった。

ふたりは正面エントランスから建物内に入った。中は巨大なアトリウムで、樹木が植えられ、泉もあって森のようだった。

「なんかすごいですね」

リコは目を見張る。

「さすが上場企業だなー」

と以蔵は口では言いながらも、それほど感心もしていないようである。奥にある受付カウンターに向かってすたすた歩いていく。と思ったら、立ち止まった。彼の視線の先にあるものを確認したリコは、「なければいいのに」と思わず呟《つぶや》いてしまう。

「へ？」

「せっかくステキな空間なのに」

リコにそう言わせたのは、丸い泉の淵に立つ銅像だった。チョコレート色の胸像で、丸い頭がつるつるに禿《は》げ、丸眼鏡を掛けて、顎ひげが長い。銅像の背後は、常緑低木の植栽である。

「ま、そーだよな」と以蔵が話を合わせたあとで、「それでも、俺らはこの銅像のために来たわけだし、なかったら困るわな」と告げた。

銅像から目を離さずにいたリコは、次の瞬間に起こったことに、「あ」と声をもらす。

「お、あれだな」

以蔵も興味深げに言う。

自分たちの視線の先には、社員らしい男性が泉の前に立ち、銅像に向け深々とお辞儀している姿があった。

野火止《のびどめ》は、マスクの上の目が眠たそうな五十代の男性だった。受付で人事担当者に会いたい旨を伝えると、アトリウムの奥の廊下に幾つか並んでいる応接室のひとつに通された。そこにやってきたのが、人事部長の野火止である。

以蔵が、ジャケットの内ポケットからなにか取り出そうとして見つからず、焦ったような表情をした。しかし、はっと気がついて納得したように小さく頷いている。きっと彼は、いつもの習慣で労働基準監督官証票を取り出そうとしたのだ。〔労働基準監督官厚生労働省〕という金文字が箔押《はくお》しされた黒革の手帳で、特別司法警察員として捜査と逮捕を行い検察庁に送検する権限を有する労働基準監督官の証《あかし》である。しかし彼は、コキン部に異動した時点でそれをいったん返上しているはずだ。

以蔵は改めて内ポケットから名刺入れを取り出す。ぴかぴかの黒いコードバンの名刺入れだった。そこから一枚引き抜くと、名乗りながら野火止に渡す。リコも、今朝渡された刷り上がったばかりの自分の名刺を差し出した。

「〝特例事案指導官〟ですか」

野火止が眠そうな目のまま、ふたりの名刺を交互に眺めて言う。

リコはすかさず、「職場の斬り込み隊といったところです」と胸を反らす。

「斬り込み隊⁉」

野火止が、驚いて目を見張っていた。

すると以蔵に素早く睨《にら》みつけられ、リコは首をすくめてしまう。きっとブラックマスクの下では「こ・の・バ・カ」と彼の薄い唇が動いているはずだ。

平静を取り戻したらしい野火止のまぶたが、再び重そうになっている。

「困るんですよね、突然やってこられても」

それに対して、以蔵がきっぱりと言い返した。

「雇用環境・均等部の指導官は、突然職場にやってくるものなんスよ。ご了承くださ い」

「いったいご用向きはなんです？」

「こちらでは、出社時に銅像に向けて一礼するルールがあるとか？」

すぐさま野火止が反論する。

「そんなルールはありませんよ！　もちろん、就業規則にもそうした事項はありません！」

それまでとは違い、少し取り乱した様子だった。

「念のため、あとで就業規則を閲覧させていただけますか？」

「ええ、結構ですとも」

自信たっぷりに言い放った。

「ところで、さっき見たんスよ、実際に銅像に向けてお辞儀している社員さんを」

以蔵の言葉に、自信ありげだった野火止の表情が揺らぐ。

「あれ、どーゆーことっスかね？」

彼は応えなかった。

「あの銅像って、誰なんスか？」

「先代社長の千頭《ちかみ》です」そう言ったあとで、ふと思い至ったように、「そうそ、先代への敬愛の念から率先して頭を下げる社員はいるかもしれませんね」と付け足した。

「しかし銅像に頭を下げるというのは、異様な光景っスよ。しかも、こんなインテリジエントビルの中でそれが行われてるなんて」

「異様もなにも、社員らが好きでしていることですから」

「ほんとにそうなんスよね？」

「え？」

「ほんとに社員さんたちは、好き好んで銅像にお辞儀してるんスよね？」

「それは……」

「もしも強要して銅像にお辞儀をさせてるなら――その行為に苦痛を感じてる社員さんがいるってことなら、マジでブラック社則ですから」

野火止が黙り込んでしまった。

そこで、さらに以蔵が斬り込む。

「野火止部長はどうなんスか？」

うつむき加減だった野火止が、上目遣いに以蔵を見やる。

「銅像にお辞儀をなさってるんですか？」

彼は目をきょときょとさせて応えなかった。

「もうひとつお伺いしまーす。この会社には、メールを送信する前に、〝今からメールを送ります〟って相手に電話するルールがありますか？」

「ございません！」

野火止が今度はきっぱりと返答した。

その後、野火止が持ってきた就業規則を応接室で確認した。確かに、銅像にお辞儀することといった事項は見つからない。

ふたりは二階部分にある回廊からアトリウムを見下ろし、観察を続けた。すると時折、泉の前に立ち、銅像に向かってお辞儀をする社員らしい人がいた。

「これって、ほんとに指導する必要があるんですかね？」

リコは言ってみる。

「野火止部長が言うとおり、社員が好きでやってるんならいいさー。だが、無理を強いられてるんなら、行政指導せんとなー」

終業時刻の午後五時半になった。多くの社員が退社していくが、皆、銅像には背を向けたままでアトリウムを抜けていく。

「なにも起こりませんよね」

リコの言葉に、「だなー」と以蔵も応じる。

「チカミ機械工業の始業時間は午前八時半だあ。明日はそれより一時間前、七時半にここに直行してきて、様子を見よー」

「了解です」

そして翌朝、直行してきたふたりは信じられない光景を目撃することになった。

「ジョーさん、あれ」

二階の回廊で、リコが隣にいる以蔵にささやきかける。

「ああ」

ぽつりぽつり出勤してきた社員らは、迷いなく銅像に向けて一礼してゆくのだ。

「あ、野火止部長ですよ」

リコのひそひそ声に、以蔵が頷く。

ふたりの視線の先で、野火止がしっかりと銅像に向かって頭を下げていた。そのあとで、彼がこちらを睨むように仰ぐ。アトリウムで社員らの様子を見せてもらう件については、野火止から承認を得ている。野火止は、ふたりがいるのを知りつつ銅像にお辞儀したのだ。

「どういうことなんでしょう？」とリコは以蔵に向かって言う。「昨日、出社時に銅像に向けて一礼するルールがあるか？　というジョーさんの質問に、〝そんなルールはありませんよ〟と野火止部長は応えました。就業規則にもそんな事項はありません。では、みんなが進んでしていることなんでしょうか？」

「だったら、なんで情報メールが入ったんだ？」

「ですよね」

始業時刻が近づくにつれ、出勤してくる社員の数も多くなる。感染対策で出社率を抑えているとはいえ、ここ本社ビルには二千人の従業員が在籍しているのだ。絶え間なく押し寄せる人波が、アトリウムに流れ込んでくる。その全員が、先代社長の銅像に向けてお辞儀をしているのだった。

「どういうことなんでしょうね？」

「どーゆーことだ？」

その後も観察を続けていると、いったん出社した社員が外出する際や、外出から戻った際にはお辞儀はしていないようだ。だが朝に会社へ出向かず、直行した先からやってきたり、出張先から戻ってきた社員はお辞儀をしているようだった。つまり、その日最初に銅像に対面した際にお辞儀しているらしい。

昼近く、ガラス張りのエントランスの向こうの車寄せに、黒塗りの高級セダンが乗りつけられる。迎えに出ていた数名の社員の中には野火止の姿もあった。その野火止がドアを開くと、中から六十代の男性が降り立った。年齢のわりに黒々とした髪をかっちりと角張った七・三分けにし、四角い顔にマスクを着けている。がっちりとした身体を濃紺のスーツに包んでいた。全体的に角張った印象の男性である。どこかで見た人だなと思ったら、チカミ機械工業のホームページに写真が出ていた社長の松丸《まつまる》だった。

松丸は幹部らしい社員を従えアトリウムの中央を闊歩《かっぽ》してくると、泉の前で立ち止まった。そして、銅像に向かって直角にお辞儀する。幹部らも、それに倣って銅像に一礼した。

「松丸社長と面談する必要があるなー」

隣で以蔵が呟く。

さっそく松丸への面談を申し入れたものの、「社長は大変お忙しいので」と野火止に拒絶されてしまった。

「なかなかガードが堅いですね」

リコが言ったら、「仕方ねー、斬り込むか」と以蔵の涼やかな瞳がきらりと光った。

社長出勤というのだろうか、松丸は始業時刻をだいぶ過ぎてから会社にやってくる。

次の日も昼近くになってから出勤し、アトリウムの泉越しに銅像に一礼した。彼が顔を上げたところで、背後から、「松丸社長」と以蔵が声をかける。

振り返った松丸に、「東京労働局雇用環境・均等部千鳥ヶ淵分室の者です」と以蔵が名乗りを上げた。

「なんだ突然、失礼だろう！」

野火止に叱責《しっせき》されたが、以蔵はしれっとしている。

「お伺いしたいことがあります」

「おい！」

詰め寄ろうとする野火止を、「まあ、待ちなさい」と松丸が制した。そうして以蔵とリコに顔を向ける。

「職場環境に関することかね？」

「本省に情報メールがあったんス」

以蔵が応えた。

「穏やかではないな。うちの社員からのものかね？」

「匿名ですが、おそらく」

松丸が小さく頷いている。

「話を聞こうじゃないか。こっちへ――」

つかつか歩き出すと、幹部連も社長のあとを追おうとした。それを松丸が、「きみたちはいい」と押し留める。以蔵とリコは、立ち止まった社員たちの横をすり抜け松丸の後ろについていった。

松丸がひと声かけると、受付の女性が空いている応接室へと案内してくれる。

「出社時に社員たちが銅像にお辞儀をしているだと？」

松丸が運ばれてきたお茶をひと啜《すす》りした。マスクを外した際に覗いた口もとが頑固そうだ。

「松丸社長はご存じないんスか？」

「私が出勤してくる時刻は、社員たちと違うからな」

社長出勤ですものね、とリコは皮肉を込めて胸の内でささやく。

「出社後も、だいたい社長室にこもっているのでね」

と松丸が付け足した。

以蔵がなおも質問を続ける。

「貴社は、こちらの本社のほか国内に二ヵ所、海外に三ヵ所の開発・生産拠点を構えていますね？」

「いかにもだ」

「どの拠点にも、先代社長の胸像が設置されてるんスか？」

「いいや、本社だけだ。ここ湾岸地域にグローバル本社を建設する際に、私が先代の像を設置させたんだ」

「松丸社長は、先代社長を尊敬されてるわけっスね？」

「当然だ。先代のおかげで、今の私があるわけだからな」

「それで毎朝、出社してくると先代社長の銅像にお辞儀している、と」

以蔵の言葉に、松丸がわけが分からないといった顔になる。

「ジョウガサキ君といったね？」

「ジョウガザキと濁ります」

以蔵が訂正したが、松丸の耳は素通りしたようだ。

「きみはなにを言ってるんだ？　私は、銅像に向かってお辞儀などしておらんぞ」

「しかし、さっき……」

と言いかけた以蔵の言葉を遮るように、松丸が言い張る。

「私はお辞儀などしていない！」

「では社員の皆さんにも、銅像にお辞儀することを求めていないと？」

「当たり前だ！」

3

「松丸社長は、自分は銅像に向かってお辞儀をしていないと言ったんだね？」

小百合から確認され、「確かにそう言いました」と以蔵が応える。

「社員にもお辞儀を強要していないと？」

「〝当たり前だ！〟と、興奮した様子で否定してましたっけぇー」

「どういうことだろうね？」

小百合が腕を組んで考え込んだ。彼女の背後の窓外で、千鳥ヶ淵の桜が今を盛りと咲きにおっている。

以蔵と向かい合わせの席にいるリコは、「だけど、ジョーさんとあたしは、この目で松丸社長が銅像に向かってお辞儀してるところを見てるんですよ」と発言した。

お誕生日席にいる小百合が、「うーん」と低く唸《うな》り、腕組みしたまま椅子の背もたれに身を預ける。そして語り始めた。

「チカミ機械工業は、工作機製造メーカーとしては後発なんだけれど、数値制御式機械《NC》をいち早く手掛けるようになってから急成長したんだよね。陣頭に立ってNC機の開発を行ったのが、先代の千頭社長さ」

千頭の祖父が起こした千頭鐵工所《てつこうしょ》は、太平洋戦争中に軍需部品をつくっていた。戦後、二代目の父親が工作機械の製造に乗り出し、チカミ機械工業に社名変更。社長の息子だった千頭は、理工系の大学を苦学して卒業した。なぜなら家業は赤字続きで、倒産寸前だったからだ。チカミ機械工業に入社した千頭は、一度は会社を潰しかけた父親とすべての点で真逆の発想を選択する。そうして成功を収めたのだ。父親との真逆さは、後継《こうけい》にも表れる。社長の親族でなくとも、優秀な人材がいればトップを替わろうと決断したのだった。

「そして千頭社長は五十五歳で、四十五歳の松丸氏に社長の座を譲った。以来十五年、松丸社長は会社の業績を伸ばし続けている」

小百合の言葉に、リコは頷いた。

「それが〝先代のおかげで、今の私があるわけだからな〟という松丸社長の言葉の真意なんですね」

「なるほどなー」と向かいの席で以蔵が納得していた。「そらあ、松丸社長は先代社長を尊敬するだろうし、銅像も建てるわなー」

「ところが、話にはまだ先があるのさ」と小百合が組んでいた腕を解《ほど》く。「先代社長は、松丸社長に跡目を譲ったのちに、小さな機械加工会社から請われて社長に就任した。けれど、結局はチカミ機械工業に競り負けて、吸収されてしまったんだよ」

「なんですって⁉」

思わずリコは声を上げてしまう。

「それだけじゃない、失意の先代社長は間もなく脳梗塞《のうこうそく》の発作で急逝している」

リコはもはや言葉がなかった。いくらビジネスとはいえ、そこまで非情であってよいものなのか……。すると、まったく違う考えが浮かんできた。

「〝私は、銅像に向かってお辞儀などしておらんぞ〟と松丸社長はおっしゃってました。松丸社長は、先代社長にお辞儀していたのではなく、謝っていたのではないでしょうか？　お詫《わ》びの気持ちを表すために銅像を建て、毎朝、頭を下げている」

「まあ、筋は通ってるわな」

と以蔵。

「マンマミーアちゃんの見立てが合ってるかどうか、そこはエビデンスをとらないとね」

小百合に諭《さと》され、「はい」とリコは応える。

「あっちはどうなってるの、メールを送る前に電話で相手に知らせるってルールのほうは？」

それに対して以蔵が、「そんな社内ルールはない、と野火止人事部長は否定してます」

「なんでも否定ばかりだね。そのくせ、どこか怪しい」と小百合が言って眉を寄せる。

「世界を相手にする工作機械メーカーで、巨大な収益も上げている。だが、職場にはねじれがあるようだね。それを解きほぐすのがアタシらの仕事だ」

翌日、以蔵とリコは千頭夫人の恵子《けいこ》を訪ねた。

「どういうご用件でしょう？」

彼女は六十代後半といったところ。グレーのチュニックに茶のチェックのパンツ姿で、静かな印象の細身の女性だった。

事業所への実地調査ではないので、あらかじめアポはとっている。しかし、恵子は戸惑った様子だった。

「松丸社長と、亡くなったご主人とのご関係を伺いたいんス」

デリケートな話題で、さすがの以蔵も遠慮がちな話しぶりである。

千頭の自宅は、大企業の元社長の家とは思えない質素なつくりだった。だが、住み心地はよさそうだ。通された応接間の窓外に、おだやかな午前の陽が射す小さな庭が見渡せた。今は、恵子がひとりで住んでいるらしい。

「この近くに、チカミ機械工業の東京工場があります」と、手づくりらしいレース調のマスクをした恵子が言った。「もとは本社だったところです」

準工業地域とはいえ、住宅が建て込んでいる。国内の量産部門は愛知県の工業団地に移していた。東京工場は、新製品の企画開発を担っているらしい。松丸の代になってから、同じ江東《こうとう》区内の湾岸地域に本社機能を移していた。

「松丸さんは、当時の本社に営業で出入りしていた部品会社の営業マンだったのです。主人が出す面倒な注文は、現場の人たちが嫌がるので松丸さんが自ら加工し調整していたみたい」

それを聞いてリコは驚く。

「営業マンが、自分で機械加工していたんですか？」

恵子が頷いた。

「〝図面を読み込む力があるからできるのだ〟と、主人は評していました。松丸さんは宅《たく》にも顔を見せ、主人とお酒を酌み交わしていたんです。ふたりの話を、わたしはそばで聞きかじっただけなのですが」

サイドボードに写真が置かれていて、銅像ではない千頭が笑っている。禿頭《とくとう》に丸眼鏡、顎ひげの長いあの顔だ。

今度は以蔵が訊く。

「チカミ機械工業の社長を辞したあと、ご主人はアシハラ精機の経営を任されたんスよね？」

再び恵子が頷いた。

「小さな会社でしたので、また現場に出られると主人は喜んでいました。新製品の開発に取り組んだようです」

「しかし松丸社長率いるチカミ機械工業と競合し、敗れた。そして、アシハラ精機は吸収されてしまう」

「ええ」

「千頭社長は、失意のまま亡くなった」

今度は恵子が首を振った。

「それは違います」

思ってもみない回答で、以蔵もリコもはっとなる。

「主人は、松丸さんに感謝していました」

「アシハラ精機が吸収されたことをっスか？」

「主人はアシハラ精機の価値を認めていました。〝いい技術者がたくさんいる〟と。しかし、新製品を生み出すにはそれに見合った資本力がないとも。アシハラ精機の前の経営者も、うちの主人に任せてそれでもうまくいかない時には、どこか大きな資本のもとで技術者たちの力を存分に発揮させてやりたいと言っていたそうです。なので、チカミ機械工業との合併は渡りに船だったのです」

千頭宅を辞すると、ふたりは五分ほどのところにあるチカミ機械工業の東京工場に向かっていた。なるほど大小の工場は散見されるものの、それも住宅に包囲されてしまっている。

「松丸社長は、千頭社長の銅像に謝ってたわけじゃなかったんですね」

「マンマミーアの見立てが、外れたってわけだな」

以蔵が皮肉交じりに言った。

「あ、ジョーさんだって昨日は、〝まあ、筋は通ってるわな〟って」

彼が照れ隠しに、鼻の下を人差し指でこする。

その時だ、見たことのある黒塗りのセダンが向こうから走ってきて、自分たちの脇を通り過ぎていった。後部座席に座っているスーツ姿の男性は――。

「松丸社長だ！」「松丸社長です！」

ふたりは声を揃えていた。

間もなく東京工場に到着すると、「たった今まで松丸社長がいらしてましたよ」と応対した作業服姿の工場長が言った。五十代といったところか。作業服と同じグレーのマスクを着けている。

「社長は毎朝、早くからここにいらっしゃいます。新製品の開発にはひときわご熱心で、時には誰も出社していないうちから現場に出ています。作業服を着て、自分で加工機を使って試作品をつくるんです。その後スーツに着替え、本社に出向いて執務するんですから、大いそがしですよ」

と、ほとほと感心したような表情を見せる。そこには社長に対するリスペクトが満ちていた。

松丸は、毎朝、社長出勤していたわけじゃなかったんだ、とリコは考えを改める。

「こちらには、先代社長の銅像がないんスね？」

と以蔵がさりげなく確認した。三人はロビーで立ち話をしていたが、千頭に関するものはなにも見当たらない。

「ああ、本社にはありましたね。しかし、ここもですが、愛知工場にも、海外工場にも銅像はありませんよ」

工場長には、本社の職場環境について調査中なのだ、とだけ伝えていた。なんで銅像のことなど質問するのか、と不思議そうにしている。

「本社では、先代社長の銅像に社員さんたちがお辞儀をしているの、知ってます？」

以蔵が今度は、思い切った質問をぶつけた。

「ほんとですか、それ？」

工場長が吹き出しそうにしていた。

「マジっス」と以蔵が応じ、さらに尋《たず》ねる。「工場長は、本社に行くことありますぅ？」

「ごくたまに出向きますが、銅像に頭を下げたりしないなあ。それは義務なんですかね？」

逆に訊かれて、「さあー」と以蔵が困ったように首をかしげていた。

今度はリコが訊いてみることにする。

「松丸社長は、社員さんにとってどんな社長です？」

松丸の別の一面を垣間《かいま》見たことで、それを尋ねてみたくなったのだ。

「もちろん現場の我々にとっては最高のボスですよ。よく話を聞いてくれるし、開発予算も惜しみません。偉ぶったところが少しもなくて、分け隔てがない。私はね、アシハラ精機の人間でした。しかし、こうして外様《とざま》の私に工場長を任せてくれたんです」と賛辞を惜しまない。「社長の命令なら、それこそ銅像にだってお辞儀しますよ」

「ところでー、こちらの工場では、メールを送る前に相手に電話するってルールあるんスかね?」

以蔵の質問に、「それも本社のルールですか?」と工場長は苦笑してから、「こちらにはありません」と、あっさり応えた。

「ますます分からなくなってきたあー」

東京工場を出ると、以蔵がお手上げといった感じに両腕を伸ばした。

「松丸社長って顔は怖そうですけど、社員さんから好かれてたんですね」

とリコは言う。

「顔は関係ねーんじゃネ」

「松丸社長は、社員さんに銅像へのお辞儀を求めていないと言ってました。でも、毎朝ああやって幹部を引き連れ、大っぴらに銅像詣《もう》でをしている姿を見せられれば、みんなも真似します」

「尊敬してる社長がすることなら、〝銅像にだってお辞儀しますよ〟か」先ほどの工場長の言葉を繰り返した。「社員たちが率先してお辞儀してるんなら、問題ないわけだ」

「一方で、うちの会社のとんでもルールだって通報してきた人がいるわけですよね」

「しかし依然としてメールを送る前に電話するってルールのほうは、指示されてる社員が見つからないんだぞ。通報自体が、ガセだったのかもなー」

以蔵はしばらく無言で歩いていたが、「こうなったら、アンケート調査してみっか？」と言い出す。

「え？」

「銅像にお辞儀することについてどう感じているかを、無署名メールで回答してもらうんだー。ついでに、〝これからメールを送ります〟って電話するように上司に指示されてるかも質問してみよーぜ」

4

人事部の協力でアンケートを行った結果、本社に在籍する社員のほとんどが銅像へのお辞儀について苦痛を感じていることが分かった。「バカバカしい」「なんであんなことをするんだ」「社員を侮蔑《ぶべつ》するものだ」といった否定的な意見ばかりである。だが、〝メール送ります電話〟については、そのルールの存在がまったく認められなかった。

「どーゆーことだ？」

「なんなんでしょう？」

ふたりはますます迷宮へと入り込んでいく気がした。

しかし、今朝もアトリウムで出勤風景を眺めていると、相変わらず社員たちは銅像への一礼を続けている。

「労働局の方ですよね？」

声のしたほうを向くと、スーツ姿で白いマスクを着けた若い男性が立っていた。

「雇用環境・均等部の特例事案指導官っス」

と以蔵が応える。

「なんで、あんなアンケートをとったんです？　あなたたちの査察が入っていることは社員の間で噂になってます。誰がリークしたんだろう？　って。けど、アンケートのせいで、僕だってことがバレてしまう」

胸にかけたIDカードに、〔営業3課　小出拓海《こいでたくみ》〕とあった。

「それはなぜですか？」

とリコは尋ねる。

「決まってるでしょう！　〝メールを送る前に電話しろ〟と課長から指示されたのは僕だからですよ！」

と小出が興奮して言い返した。

リコが臆していると、横から以蔵が訊き返す。

「では社内ルールではなく、えー、小出さん個人が直属の上司から指示されたことだとゆーんスね？」

小出がさらに激高して言い募る。

「せっかく入った会社なのに、辞めなくちゃならなくなったらどうしてくれるんですか⁉　銅像にお辞儀するのだって、まったく状況に変化はないし、こんなことなら情報メールなんて送らなければよかった！」

そう言い放つと急いで走り去った。

以蔵とリコは顔を見合わせる。

「小出には、確かにそう指示しました。メールを送る前に、相手に必ず電話しろ、と」

営業三課課長の長谷川《はせがわ》は、四十代後半の快活な感じの人だった。大柄で、肩幅が広く、ラガーマンといった雰囲気である。受付奥の、例の応接室の一室で以蔵とリコは、彼と向かい合っていた。

「客先の要望で、小出がメールに図面を添付して送ったんですが、送信ミスになっていた。彼は気づかず、何日も放置していたんです。それで、クレームが入った。原因は、相手のメールボックスがいっぱいになっていたからです。であっても、客なので文句は言えない」

「そーゆーことがあって、小出さんにメールの送信前に電話するよう習慣づけさせたんスか？」

「いえ、本当のところは、狙いは別にありました」

「とゆーと？」

「小出は、昨年度の新入社員です。コロナの影響で、昨年は新人研修がリモートで行われました。その後、出社する割合が徐々に増えてきて気がついたんですが、あいつ、電話が苦手なんですよ。いや、小出に限らず、若い社員にそうした傾向が見られます。ほら、スマホだと、誰からの着信か分かるわけですよね。出たくない相手であれば、出なくてもいい。ところが、会社の電話だとそうはいかない。誰からかかってくるか分からないし、無視するわけにはいかない。小出はね、電話を受けることにも、かけることにも積極的でないんです」

「で、長谷川課長は、メールを送る前に電話をしろと？」

長谷川が、以蔵に向かって頷く。

「小出に、少しでも電話に慣れさせたかったんです」

「その指示が、逆に小出さんのプレッシャーになってたかもっスね」

「私の言葉足らずでした。今度、よく話し合おうと思います」

彼が大らかに笑った。その笑顔を見て、悪い人ではない、とリコは感じる。ただ、コミュニケーション不足なのだ、と。

長谷川がさらに言う。

「以前でしたら、こんな時は酒にでも誘ってじっくり話ができたんですが。今は、こうした状況でしょ。そうもいかなくて」

と頭を掻く。

そこで、以蔵が口を開いた。

「あ、長谷川課長。メール送信前の電話指示はともかく、〝酒に付き合え〟について、部下はガチで拒否できますんで」

「そうですよね。いろいろやりにくいな」

神妙な顔をしている長谷川に向かって、以蔵がさらに付け足す。

「とはいえ、昨年入社の若い社員さんはコロナ禍にあって新しい環境にただ投げ込まれ、人間関係がうまく構築できてません。ストレスを感じてスマホやゲームに依存していくケースも多いんス。ネットワークづくりのサポートも重要かと」

長谷川が、悩ましげにため息をついた。そのあとで、ちらりと腕時計に目を落とす。

「お、もうこんな時間か。どうです、昼メシでもご一緒しませんか？　うちの社食、なかなかイケるんですよ」

メシ、酒——生粋の営業の人なのだ、とリコは感じた。

以蔵が自分の左手首に巻いた、文字盤に針がいっぱいある大きな腕時計に目をやる。リコも覗き込んだら、十二時半を回っていた。

「割り勘でしたら、お付き合いします〜」

と以蔵が応える。

「じゃ、行きましょ。ちょうど第一波が過ぎて、少し席が空いた頃だと思うんで」

その言い方が、コロナの感染の波を連想させた。リコの食欲には、まったく影響を及ぼさなかったけれど。

長谷川に連れられ、エレベーターで最上階の十階に向かった。眺望のよい、広々とした社員食堂である。感染対策のため、席はひとつ置きに座った。向かいの席とは交互になっているばかりでなく、アクリルのパーテーションもある。

オムライスをひと口味わったリコは、壁に〔黙食〕という張り紙があるので声には出さなかったが、「うんま！　卵ふわとろでヤバ！」と胸の中で叫んでいた。それに気がついたのだろう。斜め向かいの席にいる長谷川が満足そうにこちらを見て、にこやかな表情をしている。彼は煮魚定食で、丼の大盛りのご飯をわっしわっしと食べていた。ひとつ空席を挟んだリコの隣では、以蔵が機械のような正確さでナポリタンのスパゲッティをフォークで巻き取っている。その彼の目が、じっと一点を見つめていた。その視線の先をリコも追う。

「！」

壁際の隅の席で、松丸が盛りそばを啜っていた。

社長も社員らと一緒に社食でご飯を食べるんだ——とリコは思ったあとで、あることに気がつく。松丸の周りにだけ人がいないのだ。確かに、社長の近くで食事をするのは窮屈かもしれない。それにしてもこの光景は、東京工場の工場長が評していたような絶対的に人望のある社長の姿とはほど遠い。松丸の傍らにはひとりの幹部もおらず、孤独の影が漂っていた。

三人で社食を出ると、エレベーターホールへと向かった。

「私はオフィスに戻りますが、おふたりは?」

と訊かれ、「もうちょっと、ここにいますー」と以蔵が応える。きっと彼は、社食から出てくる松丸をつかまえ、アンケートの社員の声をぶつけるつもりなのだ。

「ここも眺めがいいですからね」

長谷川がガラス張りのエレベーターホールから湾岸の風景を眺め、的外れなことを言っている。

それをスルーし、以蔵が尋ねた。

「社員の人たちが銅像にお辞儀をするようになったのは、いつ頃からっスか?」

「この本社がオープンしたのは五年前です」と長谷川が話し始める。「アシハラ精機の合併を機会に、東京工場と千葉県内に二ヵ所あった事務部門と営業部門がここに集結し、グローバル本社になったわけです。社長はオープンとともに毎朝チカミの泉のほとりに立って、銅像にお辞儀するようになりました」

リコは、「チカミの泉、ですか?」と言葉を向けた。

「ええ」と長谷川が笑う。「正式な名前じゃなくて、アトリウムの泉をいつしか社員がふざけ半分にそう呼ぶようになったんです。こんな噂もあります。ある時、社員が鉄のボルトを泉に落としたら、中から女神が現れ、〝おまえが落としたのは、この銀のボルトか?〟と問う。社員が〝いいえ〟と応えると、女神は泉の中に消えた。そして再び現れると、〝おまえが落としたのは、この金のボルトか?〟と問うた。社員が否定したら、〝おまえは、ほんに正直者よの〟と、鉄のボルトを返してくれるのと一緒に、銀と金のボルトをくれた、と」

「なんスか、それ?」

以蔵がどう反応すべきか困っていた。めっちゃスベってるよな、とリコも思う。

「いや、都市伝説ですよ。いや、社内伝説か」

と長谷川だけが面白そうに笑っていた。

気を取り直した以蔵が、話を元に戻す。

「じゃ五年前、松丸社長が銅像にお辞儀するのを見て、社員の皆さんもそれに倣ったと?」

「社長がなにかしたから、我々社員がその真似をするっていうのはないなあ。みんなね、社長のことがよく分からないんですよ」

工場長の「現場の我々にとっては最高のボスですよ」という言葉とは、真逆の意見だった。

「新製品開発の取り組みに熱心だし、収益も上げている。我々に配当されるサラリーだっていい。申し分ないトップです。けれど、声が届いてこないんですよ」

長谷川が、エレベーターを呼ぶためにボタンを押すと振り返った。

「銅像へのお辞儀ね、社長が我々に無理強いしてることではありません。そして、社員が自ら率先してやってることでもない。アンケートの意見どおり、みんながうんざりしながらもやり続けてることなんですよ」

そこにエレベーターがやってきた。扉が開くと、野火止が降りてくる。慌てた長谷川が、殊勝な表情でお辞儀した。そうして入れ替わりに、そそくさとエレベーターに乗り込み扉を閉めた。

野火止は、以蔵とリコに気がつくと、「ふん」と鼻を鳴らし顔をそむけた。彼は、遅い昼食だろうか？　「みんなね、社長のことがよく分からないんですよ」と長谷川が言っていた。松丸と意思疎通を図れていないのは、野火止も一緒かもしれない。だとしたら、松丸と一緒にご飯を食べたくないだろうな、と思う。堅苦しくて、おいしいものを食べても味が分からないから。それは、野火止に限ったことではない。だから、社食で松丸はひとりぼっちなのだ。

食堂に向かって悠然と歩を進めていた野火止の足が止まる。そして、彼が最敬礼した。あちらから松丸がやってきたからだ。

「やあ」と松丸が、野火止に向けて軽く手を上げる。野火止のほうは、おずおずとその場をあとにした。

「きみたちか」

今度は松丸が、以蔵とリコに声をかけてくる。

「アンケートを私も見たよ」

彼が、じっと視線を向けてきた。

「前にも言ったはずだな、私は銅像にお辞儀などしていないと」

「では、チカミの泉のほとりに立って、なにをされてたんスか？」

松丸が不思議そうな顔になる。

「チカミの泉？」

「社員さんがそう呼んでるそうっス」

松丸がにやりとしたあとで、寂しげな顔になる。

「なにも知らないんだな、私は」

彼が改めてこちらを見やる。

「私が、そのチカミの泉のほとりでなにをしていたかは、先代が教えてくれる」

アトリウムで以蔵とリコは、チカミの泉のほとりに立っていた。

「お辞儀していたのでないとしたら、松丸社長はなにをしてたんでしょう？」

「そっだなー」

と言いつつ、以蔵がお辞儀のポーズをとる。

「うん？」

と彼がなにかに気づいたようだ。

「どうしました？」

　リコは色めき立つ。

「泉の中を見てたんじゃないだろーか？」

　以蔵と同じようにリコもお辞儀の格好になり、泉の中を覗き込む。それほど深くはなく、底に一円硬貨や五円玉が沈んでいるのが見える。外国のコインもあった。泉を見ると、おカネを投げ込んじゃう人っているんだよな。

「松丸社長が泉を覗いていたとして、それはなぜでしょう？」

「ボルトの女神が現れるのを待ってた……とかー」

　リコがため息をつくと、「それはねーか」と以蔵が頭を上げる。

　リコも顔を上げると、正面には千頭の銅像があった。

「さっき〝先代が教えてくれる〟と松丸社長は言ってました」

　リコは円形の泉の縁をぐるりと回って、銅像のほうへとずんずん向かう。泉と銅像の間には細い通路があって、そこを通って銅像のすぐ前に立った。台座は御影石《みかげいし》で、身長一六〇センチのリコの顎くらいの高さだ。〈第三代社長　千頭清一郎《せいいちろう》〉という銘板がある。その台座の上に胸像が設置されていた。こうして近くで眺めると、かなり大きい。

禿頭、丸眼鏡、長い顎ひげの胸像を、リコはしげしげと仰ぎ見た。

「なんか分かったかぁ?」

隣にやってきた以蔵に尋ねられる。

「いえ」

とリコは短く応えると、今度は銅像の背後に回り込む。銅像の後ろは、植栽である。銅像と常緑低木の植栽の間にわずかな隙間があり、リコはそこにすすすと入り込む。銅像の、てかった後頭部を仰ぐが、やはりなにも見つからなかった。

「どーだー?」

と以蔵が声をかけてくる。今度はそれに応えず、リコは窮屈な空間でしゃがみこんだ。台座の下のほうに、文字らしきものが刻みつけられているのに気づいたからだ。低い姿勢になって、それを目の当たりにする。

「なんと! これは異なもの!!」

思わず声を上げていた。

5

「いよいよ大詰めだね」

翌朝、ふたりがすべての報告を終えると、小百合が言った。彼女の背後で、千鳥ヶ淵は昨夜からの雨が上がり、徐々に晴れ間が広がっていた。花散らしの雨は、やむと強い南風に変わった。

小百合が窓の外を振り返り、「どうやら、桜にとって試練の風になりそうだね」と呟く。

彼女が今度は、以蔵とリコに顔を向けた。

「今日は三人で、松丸社長のところに行くよ」そう告げてから席を立ち上がり、以蔵とリコの前に四角い桐の箱をひとつずつ置く。

「開けてごらん」

フタを外すと、緑色のマスクの束だった。白抜きで〈コキン部〉という文字が入っている。

「勝負マスクさ。みんなで着けて、事業所に斬り込むよ」

それを耳にし、思わずリコは訊いていた。

「あの、向こうの会社に到着してから、自分のマスクと着け替えるんですか？」

「そんなんで、気合が入るものか！　ここから着けて出るんだよ！」

「えー、嫌かも」

リコは不平をもらす。

「マジっスか」

以蔵も戸惑っていた。

すると小百合がぎろりとこちらを睨む。

「緑は、東京労働局のシンボルカラーだ。名刺の標章にも使われてるだろ。ほら、〈東京労働局〉ってロゴの上に、緑色の橋が虹のように架かってるあれ。労働者の下支えをしているとか、勤労者と事業主との橋渡しをしてるって意味が含まれてるようだけど、そんなもんアタシには関係ない。アタシにとって大事なのは、それを贈ってくれた仲間たちの心意気さ。千鳥ヶ淵分室に異動になる時、心はひとつだと、みんながそれをはなむけにくれたのさ。あ、ちなみに不織布フィルター内蔵だよ」

以蔵もリコも、小百合が言うところの勝負マスクを渋々着ける。

「そもそも」と、以蔵が〝そ〟よりも〝も〟のトーンを上げ、あとはフラットな今風の発音で、リコの耳もとでささやく。「こーゆーマスクを着けろと強要する職場自体がどーよ？」

「まったく」

とリコは頷き返す。

ふたりに取り合わず、小百合が真っすぐ前を見据えて吼《ほ》えた。

「出陣だよ！」

三人で九段上ビルヂングを、花吹雪の中に出てゆく。

マスクが恥ずかしくてうつむきつつ電車を乗り換え、湾岸のチカミ機械工業本社に出向く。アトリウムの受付で松丸に面会を申し込むと、人事部長の野火止が現れた。野火止は、いつもよりひとり多いことと、三人が着けているマスクにぎょっとしていた。

「松丸社長にお会いしたいんスが」

と改めて以蔵が申し入れると、あっさり、「こちらへ」とエレベーターホールに導かれる。きっと以前、銅像詣でをしている松丸に強引に面会を申し込んだ際も、幹部を制して応じたところを見ているからだろう。よけいな配慮は無用と判断したのだ。松丸と意思疎通できていない以上、すべて忖度《そんたく》するしかない。

最上階に到着すると、野火止がドアのひとつをノックした。室内から、「入りたまえ」という声がし、野火止がドアを開く。そして彼が、三人に向かって顎で促した。

「失礼します」

小百合を先頭に入室する。野火止は入らずにドアを閉めた。

相手が勝負マスクに目を丸くする前に、リコのほうが驚いた。松丸は、作業台のような大きな机の前の椅子に腰を下ろしていた。上着を脱いだワイシャツ姿で、袖を捲《まく》り上げている。机の上いっぱいに図面が広げられていた。それだけでなく、さまざまな工具が置かれている。スパナ、やっとこ、万力……その他、リコが名前を知らないようなものがたくさん並んでいた。机の上だけでなく、室内のあちこちにも工具や丸めた図面が散乱している。

松丸が作業台から顔を起こし、こちらを見た。そうして立ち上がると、自分たち三人と相対する。

「今日あたり、やってくると思っていたよ」

松丸がまず以蔵を見、リコを見て、最後に真ん中にいる小百合に目をやった。

「雇用環境・均等部千鳥ヶ淵分室室長の漆原です」

彼女が名乗った。

「松丸です。おふたりには、いつもお世話になっております」

と再び、以蔵とリコに視線を向ける。

「うちの特例事案指導官のジョウガサキと間宮から随時報告を受けていました——」

小百合越しに右手に立っている以蔵のほうを見やったら、勝負マスクがもごもご動いていた。きっと「ザキと濁りますー」と声を出さずに言っているはずだ。

「——それで分かった。松丸社長、アータは銅像にお辞儀していたのではない。ご自身の足もとを見ていたんですね」

「いかにもだ」

「もっともその謎を解いたのは、この間宮ですけど」小百合がこちらを見る。「マンマミーアちゃん、アータからご説明して」

「はい」と小百合に返事すると、松丸に顔を向ける。「昨日、銅像の台座の裏側に〈脚下照顧《きゃっかしょうこ》〉という文字が刻まれているのを見つけました。禅で、〝自分の足もとを、よおく見ろ〟との意味です。転じて、自己反省を促す教えになります」

「若いのに、難しい言葉をご存じだ」

「千頭夫人の恵子さんに電話で確かめました――脚下照顧は、先代社長の座右の銘だったそうですね」

松丸が頷く。

「私は敬愛する先代の像を建て、毎朝その像の前で、足もとを見て自己反省するのを習慣としていたんだ。ところが幹部をはじめ社員らには、間違った形でそれが伝わったのだ。結果として、本社に所属するすべての社員に、嫌々お辞儀をさせることになってしまった」

今度は小百合が頷く番だった。

「まず、アータにすり寄りたい幹部社員たちが社長に忖度して銅像へのお辞儀を始めた。続いて、中間管理職が上層部に忖度してお辞儀するようになる。そうなったら、部下たちは上司に忖度して形だけでもお辞儀しないわけにはいかなくなる。つまりは忖度のドミノだね」

これがチカミ機械工業のヘンな社内ルールの真相だった。

「私は、新製品の開発こそが会社を発展させることだと信じ、日夜努めてきた。しかし、肝心の足もとである本社への目配りが不足していたな」

するとと小百合が、ゆっくりと告げた。

「目配りではなく、コミュニケーション不足だと思いますね。ある営業課長が言っていたそうです。アータを申し分ないトップだと。〝けれど、声が届いてこないんですよ〟ってね」

松丸が、がくりと肩を落とす。

「我がコキン部分室はコミュニケーションがとれているからこそ、こんなマスクを若い者たちも喜んで着けてくれてる」

——本気で言ってるのか、この人は⁉

翌日、松丸はリモートで全社員に語りかけたそうだ。「私の説明不足から、社員の皆さんに大変ご不快な思いをさせ、申し訳ありませんでした。これからは、私のほうからどんどん声を発して、皆さんとのコミュニケーションを円滑にしていきたいと思います。さっそくですが、お願いしたいことがあります。一日に一度、どこででもいい、ご自身の足もとを見つめていただきたい。そして、日常生活を見つめなおしていただきたいのです」と。

「ここから覗いていただいていいですか？」

数週間後、長谷川からの招きで、以蔵とリコは久しぶりにチカミ機械工業の本社を訪ねていた。

「え」

リコは思わず声を出す。

「お」

隣で以蔵も声を発していた。

そこは営業三課のオフィスで、多くの社員がパソコンに向かったり、電話で話したりしているのがドアの隙間から見渡せた。その中には、小出の姿もあった。彼は、デスクの上のビジネスフォンが鳴ると、積極的に受話器を取っていた。

長谷川が笑顔で言って寄越す。

「私も、社長の言葉を聞いて、小出と話し合ったんです。話せば分かってくれましたよ。もちろんああなるまでには、彼なりの勇気は必要だったに違いありませんが」

以蔵とリコは笑顔で頷き合う。

「それから、奥のほうをご覧になってください」

と長谷川に促されたふたりは、目にした光景にさらに驚く。オフィス全体を睥睨《へいげい》するような位置に松丸がいたからだ。

「各部署に社長の席が設けられて、時々ああしていらっしゃるようになったんです」

パソコンに顔を向けている松丸の席に歩み寄り、話しかける社員がいる。松丸は気さくにそれに応じていた。リコが振り返ると、社員のひとりがふと廊下に立ち止まり、自分の足もとを見つめている姿があった。

チカミ機械工業からの帰路、以蔵から訊かれる。

「それにしても、おまえ、どーして脚下照顧なんぞとゆー小難しい言葉を知ってたんだ？」

「あ、『素浪人月影兵庫《すろうにんつきかげひょうご》』を観てて、似たような言葉が出てきたんです。松方弘樹《まつかたひろき》のお父さんの近衛十四郎《このえじゅうしろう》演じる剣の達人・兵庫と、品川隆二《しながわりゅうじ》が演じる渡世人・焼津《やいづ》の半次《はんじ》の道中記です。昭和の放送当時は視聴率三五パーセント以上を叩き出した人気番組だったんですよ。兵庫は猫が嫌いで、お酒が大好き。半次は蜘蛛《くも》が苦手なんです。あ、同じコンビで『素浪人花山大吉《はなやまだいきち》』があって、そっちで出てきた言葉だったかな……いや、ぜんぜん違うほかの時代劇だったかもです」

「聞かなきゃよかった～」

以蔵がどんどん歩を早めた。

その時、ゴーーッという音が響き渡り、リコは思わず顔を上げた。午後三時の都心の空を、旅客機が高層ビルをかすめるように超低空飛行していく。それが、スローモーションのように目に映った。昨年から始まった新ルートである。下界では、感染症が人類を脅かしていた。まるでSF映画みたいじゃないか、とリコは感じる。しかし、これはまぎれもなく現実だった。

「どうした、マンマミーア？　行くぞー」

以蔵に声をかけられる。

そうなのだ、あたしたちは前進するしかない。

「はーい」

リコは、以蔵のもとへと向かった。

第二章　レジでセクハラ

1

「このシックで、オシャレな空間！」

小百合にしては珍しい、相手への手放しの褒め言葉に、リコはいささか戸惑う。だが、確かに彼女の言葉どおりではある。モノトーンを基調に、木目やレンガをほどよく融合させた内装は、重厚すぎず軽すぎない。

「なにしろ嫌われる商売ですからね。なるべく印象をよくしないと」

目の前にいる四十代後半の男性は、長身をソファの背もたれにゆったりと預けている。彫りの深い、ハンサムな顔立ちだ。手入れの行き届いた口ひげはキザだが、似合ってはいる。マスクをしているのに、なぜ分かるかというと、彼の背後の壁に大きな顔写真が掲げられているからだ。

「〝嫌われる商売〟だなんて、とんでもないことですわ。ご立派なお仕事ではないですか」

これもまた小百合の言葉どおりである、とリコは納得する。小百合もリコも、もちろんマスク姿だ。

「いやあ、以前に読んだ海外ミステリで、〝歯科医の笑顔のように信用ならなかった〟といったメタファーを読んだ気がします。ほら、かように嫌われてるんですよ、歯医者なんて」

そう自嘲する彼は、世田谷区の高級住宅地にある歯科クリニックの院長、西園寺《さいおんじ》である。

「なにをおっしゃいますやら」

と小百合が薄《う》っすらと笑みを浮かべた。コキン部分室室長の笑顔も信用ならないぞ、とリコは感じる。

「こちら西園寺歯科クリニックさんは、定期的に通いたくなるような環境づくりをされているじゃないですか」と小百合は相変わらず持ち上げる。「まずは、このステキな待合室。……じゃない、ウェイティングルームっていうのかしら」

「サロンのようなクリニックを目指しています」

と、西園寺が顎に指を添えた。濃紺の上下のスクラブを身に着けた彼が、優雅に脚を組み直す。

「サロン！」小百合が大袈裟《おおげさ》に反応した。「まさにそうだわ。マンマミーアちゃんもそう思うでしょ？」とリコに同意を求める。

「え？　あ、はあ」

とリコは慌てて返す。

西園寺が頷くと、解説を始めた。

「院内はフルフラットなので、ベビーカーでそのままお入りいただけます。もちろん、スリッパに履き替える必要がないので、冬はブーツでお越しいただいても面倒がありません。キッズコーナーを設けておりますので、お子さまには遊んでお待ちいただけますよ。診療室は完全個室です。もちろん、駐車場も完備してございます」

「至れり尽くせりですわね」

小百合の言葉に、西園寺が余裕の笑みで応じる。

「おかげさまで、患者さまのリピート率も高いのですよ」

「なにより院長先生のお人柄でしょう。お優しくて、患者さんからの評判もよろしいそうですね。なにより確かな技術が、地域の信頼を得ている」と小百合が褒めちぎった。さらに、「ご近所だけでなく、遠方からいらっしゃる患者さんも多いとか。院長先生の甘いマスクに惹かれてかしら」と付け足す。

おいおいセクハラぎりぎりの発言だぞ、とリコは危ぶむ。

しかし西園寺は、まんざらでもない表情だ。ご自慢のクリニックについて、ますます饒舌《じょうぜつ》になる。

「私だけの力ではありません。スタッフ全員の力です」

彼の背後の壁には、院長だけでなくスタッフの写真も並んでいる。受付も歯科衛生士も、全員が若い女性だ。一階受付奥にあるこのウェイティングルームから、患者は二階の診療室にエレベーターで向かう。個室診療室で待つ歯科衛生士のもとには、助手が案内する方式だ。助手も、もちろん女性である。

「衛生士は指名制で、ネットの口コミもいいのですよ」

「口コミねえ」

と言って、小百合が再び西園寺の背後に目をやる。リコもそちらに視線を向けた。そこでは、七人の歯科衛生士が揃いのピンクのスクラブ姿でほほ笑んでいる。みんな鬼かわいい《オニカワ》だ。

「全員が、いい子たちです」

西園寺が、満足げに小さく頷いている。

「スタッフさんは皆さん、院長先生を信頼なさっているとか？」

小百合の言葉に対して、「まさに」と西園寺が断定した。

「だから、如月芽衣《きさらぎめい》さんは、マスクを外した、と？」

今度は彼がわずかに眉根を寄せ、「どういう意味です？」と問い返す。

「衛生士の如月さんは、院長先生の指示でマスクを外したんですよね、エレベーターの中で」

壁の写真の中には、メイのポートレートもある。小づくりの輪郭の中に、黒目が多くを占める瞳が光っていた。鼻も口も小づくり。二十代前半なのだろうが、幼い印象がある。この子は夢かわいい《ユメカワ》だ、とリコは思う。実際に会った彼女も、確かにそうだった。

「その日の休憩時間、院長先生と如月さんはたまたま二階でエレベーターに乗り合わせた。院長室とスタッフさんの休憩室が三階にあるそうですね？」

小百合の質問に、西園寺が頷く。ちなみに、今も休憩時間中である。

「三階に向かうエレベーターの中で院長先生は、如月さんにマスクを外すように指示した」

「なぜ、私がそう指示したと？」

「マスクを外さなければ、このあとのことは起こらないからです」

「〝指示した〟というのは違っているかな」西園寺は薄笑いを浮かべていた。「クリニックの仕事に従事する私たちにとって、マスクを着けることは日常です。パンデミック以前からそうでした。しかし、診療を終えれば別だ。休憩時間は、マスクを外していた。エレベーターでも、マスクのない素顔で笑い合っていました。緊張から解放され、ほっとできる瞬間だった」そこで、今度は悲痛な面持ちになる。「なんだか、かわいそうになったんです。ずっとマスクをしているのが、窮屈そうに見えた。だから、〝外していいよ〟と言ってあげたんです。〝私は気にしないから外していい〟と。〝家族じゃないか〟とね。彼女、マスクを外して笑っていましたよ。嬉しそうだったな」

「それで、ついでにキスをしたっていうんですか？」

小百合があまりにもさらりと言い放ったので、リコはのけぞりそうになった。

「ずいぶんと情緒のない物言いですね」西園寺が蔑《さげす》んだように小百合を見返す。「たまらなく愛《いと》おしくなったんですよ、如月くんの笑顔が」

「で、いきなりキスするっていうのが、アータにしてみれば情緒があるってことなんだ？」小百合がさらに重ねて問う。「相手のことは考えなかったのかい？」

「当然受け入れるものと思ってましたよ。私を尊敬しているんですから。スタッフみんなが、私を好きだ」

小百合がぎろりと睨みつけた。

「だったら、なんでアタシらがこうして来てるのさ？」

「労働局の方がいらっしゃるとは、意外でした」

西園寺は涼しい顔だ。

「如月さん、出勤していないだろ？」

「具合でも悪いのかな、と心配していたんですよ。電話しても出ないし」

「アータの電話だから出ないんだよ」

「え？」

こいつ、よっぽどの自惚《うぬぼ》れ屋か、それとも本物のバカかもしれないぞ、とリコは感じる。

「如月さんは、〝納得いかない〟って言ってた」

「もしかすると、エレベーターの一件が？」

やっぱバカだ、とリコは確信した。

「〝納得いかないんですよ〟と、繰り返してた。〝どうしたいんだい？〟と、アタシャ、彼女に訊いたね」

メイとはコキン部分室で会った。彼女が本省の相談窓口に電話して至急対応してほしいと訴えたところ、分室を紹介されたそうだ。小百合とリコが、分室の出入り口脇に置かれた応接セットで対応した。「納得いかないんです」を繰り返すメイに向かって小百合が、「アタシだって五十年生きてきて、納得したことなんてないさ。だから、どうしたいかを教えて」ぴしゃりと言った。「顔も見たくないんです！ 殴《なぐ》ってやりたい！」彼女が、ユメカワ容姿に似つかわしくない言葉を吐く。「バカな人を殴っても、手が痛いだけだよ。そうだ、クリニックのガラスに石をぶつけて割ってやろうか？」小百合の提案に、メイが黒目の多い瞳を丸くさせていた。「ほんとにするんですか？」「ああ。これからやりにいこう」「もういいです……。きっと納得いかないですから」

今になってリコは、理解できた。メイの繰り返した「納得いかないんです」は、この西園寺にはなにを言っても無駄だと諦めていたからだろう。

「職場恋愛ができない時代になりましたね」西園寺が頭の後ろで手を組み、ぬけぬけと口にする。「自由に恋愛ができるように、独身を通しているのに」

「相手に〝イヤ〟って言われることをするのと、職場恋愛はまったく別次元だよ」

小百合の言葉に、西園寺の整えられた眉がぴくりと動く。

「アータのご自慢の口ひげが自分に迫ってくる映像がトラウマになって、如月さんは歯科衛生士を続けられないかもしれないって言ってたよ」

西園寺が頭の後ろで組んでいた手を解き、焦ったようにソファから身を起こした。

「だいたい、きちんと気持ちも伝えずに、いきなりキスするか？　そこには、愛なんてない。アータは、自分がスタッフさんから尊敬されてるし、〝みんなが、私を好きだ〟ってうそぶいてるけど、ほんとにそうなのかね？　相手を大切にする気持ちのないアータを、尊敬したり、好きになったりするかね？」

今や西園寺は、あんぐり口を開けている。

そこに、クリニックのスタッフ全員がどやどやと集まってきた。スタッフのひとりが代表して発言する。

「あたしたち全員辞《や》めさせてもらいます！」

西園寺が驚いて立ち上がった。

「き、きみたち……」

「メイから話を聞きました。みんな、黙って来なくなってもよかったけど、せめて午前中に予約してる患者さんたちだけは対応したかったんです。午後の予約の患者さんには、あたしたちが辞めることを伝えておきました。理由までは話していませんから、先生がいいように言ってください」

彼女らはウェイティングルームを出ていった。

茫然《ぼうぜん》と立ち尽くしている西園寺に向けて、小百合が告げる。

「〝衛生士は指名制で、ネットの口コミもいいのですよ〟──院長先生はそう言ってたね。衛生士さんがいっぺんにクリニックを辞めたら、口コミはどうなるのかね？」

もはや西園寺は、泣き出しそうだった。

「いきなりキスするなんてねえ。アータ、女ひとりちゃんと口説けないのかってことさ」

小百合がばっさり斬り捨てた。

2

「西園寺院長には、自分の犯した罪について深く認識させる必要があったと思うんです」

昨日の出来事を、リコは以蔵に話していた。ふたりは九段上ビルヂングを出て、駅に向かっている。

リコはさらに続けた。

「でないと、たとえスタッフさんが全員辞めて入れ替わったとしても、同じことを繰り返していたかもしれない。だからサユリさんは、院長先生に強く自覚させようとしたんです」

リコが夢中で言い募るのを、隣で以蔵は無言で聞いている。いや、聞いているのか、いないのか？ それでもリコは、話さずにはいられない。

「すごかったんですよ、サユリさんの迫力ってば」

するど、以蔵が口を開く。

「それにしても霞が関は、〝至急対応してほしい〟っていう被害者の訴えで、こっちの状況も考えずに事案を分室に回してくんだからなー。おかげで、室長じきじきに出張《でば》ってもらうことになった。俺も抱えてる事案があったんでなー」

「でもサユリさんと現場が踏めて、いい経験になりました。……あ、もちろんジョーさんと事業所に行くのだって勉強になるのでござるが」

慌てて言い繕ったが、彼は歯牙にもかけなかった。

「べつに俺に気を遣わんでいーから。サユリさんと張り合おーなんてつもり、さらさらねーし」

千鳥ヶ淵の桜の木々が、初夏の陽気に青々と輝いている。

「サユリさんは、俺を中央労働基準監督署から引き抜いた、みたいなこと言ってたろ。一主任が渋ってたけど説き伏せたみたいなこと」

「あ、確かそう話してました」

ブラックマスクの下で、以蔵が小さく笑う。

「そんなん、嘘。俺、一主任に勧められて異動したんだー。〝サユリさんの下で働くことは、労働基準監督官としてきっと役に立つ〟って言われてな。どこの監督署でも、第一方面の主任は一主任って呼ばれて、署の監督官を取りまとめる立場にある。それが中央監督署の一主任ときたら、てっぺん中のてっぺんてわけだ。その一主任も女性で、やっぱし若い頃に人事交流でサユリさんの指揮下で働いたことがあるらしー。実体験で言われたことだし、俺もそーすっかってな」

「なるほどです」

リコが言ったら、以蔵が頷いていた。

「俺らの仕事ってさ、注意したり叱ったりすることじゃなくて、変えていくことだと思うんだー。ひとりが変わることで、なにかが変わる。それが経営者なら、会社が変わる。やがて、社会が変わる」

地下鉄から西武池袋《せいぶいけぶくろ》線に乗り換える。窓の外が、高い建物が目立つ都会の街並みから住宅地へ、やがて緑の多い郊外へと移り変わっていく。それを飽かず眺めていた以蔵が、「送電線鉄塔と里山の取り合わせが、西武線の代表的な車窓風景だよなー」ぼそりとそう呟く。

シートの隣に座ったリコは、「え、なんですか？」と思わず問うてしまう。

「いやなー、鉄道ってさ、高架化や変電所の集約によって送電鉄塔が姿を消しつつあるんよ。ところが、ここ西武線では今も聳《そび》え立つ門型鉄塔《ガントリー》を鑑賞することができるんだなー」

それを聞いて、もしや……と思う。

西郊《せいこう》駅で降り、古い商店街を歩いている時にも以蔵はふと立ち止まり、「お、いいねえー」と感嘆の声をもらした。

彼の視線の先にあるのは、商店街から横道に入った先に見える踏切だった。

「黄色と黒の縞模様の遮断機の向こうに広がる、畑と民家の混在した風景。武蔵野の名残《なごり》を感じるぅ～。あの農家の庭にあるのは柿の木だなー。きっと秋には赤い実をつけて、さぞやこの風景に彩りを添えるんだろーなー。これぞ、日本のザ・踏切だあー。西武鉄道の標準色、黄色塗装の車両がいかにも似合いそー」

たすき掛けにしたビジネスバッグのショルダーベルトの前で腕を組み、感動に耽《ふけ》っている。そんな以蔵の姿を眺めるにつけ、リコは確信を深めた。そういえばチカミ機械工業の往復でゆりかもめに乗車した時、以蔵は先頭車両に乗ることに異様に執着していたつけ。

「ジョーさんて、鉄《テツ》ちゃんですか？」

リコは、にやりと皮肉な笑みを浮かべた。

「俺？　俺はテッちゃんなんかじゃねーよ！　ただ、線路沿いの風景とかが好きなだけだぁ！」

そうむきになって否定する。

「そういうのを、テッちゃんっていうんじゃないんですか？　鉄道写真を撮るのに熱中するのが撮りテツでしょ。乗車するのが好きなのは乗りテツ。ジョーさんの場合、ナニテツっていうのかな？」

「だから俺は、テツじゃねえっつーの！」

「今日の西武池袋線は、先頭車両じゃなくてよかったんですか？」

「ゆりかもめは先頭車両が一番絶景を味わえるー。まあ、前面展望席は人気が高くて座れなかったけどなー。でも俺はね、基本、シートに座って流れゆく車窓風景を愛《め》でる人なのー」

「ほら、そういうこだわりが、やっぱテツだ」

「だからテツじゃねーって！」

商店街を歩いているうちに、目的の店舗前に来ていた。大手スーパーマーケットチェーン、おひさまスーパーの西郊店である。

「その件ですか」と店長の佐藤《さとう》が渋い表情になる。「お客さまによる、レジ担当の女性従業員へのセクハラね」

「そーですー」

と以蔵がユルく応じた。

佐藤は三十代後半で、若い店長だ。きっとやり手なのだろう。ひょろりと背が高く、マスクをした顔も細長い。白いシャツにネクタイを締め、黄色いエプロンをしている。

「被害に遭ったという従業員から、報告がありましたよ。年配の男性のお客さまから、〝おねえちゃんを連れて帰りたい〟とかなんとか言われたって。しかし、どうしたものかと……」

佐藤が、黄色いエプロンの前で腕を組んだ。エプロンの真ん中には、ニコニコ顔のおひさまマークが赤く描かれている。しかし、佐藤の細い目は笑っていない。

バックヤードにある店長室で話していた。狭い部屋で、パソコンとたくさんのファイルが載った事務机がひとつと、合板の長机がひとつ置かれている。佐藤は事務机の前の回転椅子に、こちらに身体を向けて座っていた。以蔵とリコは、長机に並べて置かれたパイプ椅子に座っている。壁には、スローガンや達成目標の書かれたホワイトボードが掛けられていた。サービスカウンターで、店長に会いたい旨を伝えたらここに通されたのだった。通常営業時間は九時〜二十三時だが、コロナで十時〜二十二時に短縮されている。現在は、開店から一時間ほどが経った十一時過ぎだった。

「本省の相談窓口にメールが入ったんス。お店がなにもしてくれない、と」

「やはり、店のほうで対処するものなんですか？」

佐藤にそう質問され、以蔵が応える。

「雇用主の方に、防止措置をとっていただくのが基本スね」

するとマスクの上の細い目が、以蔵を見返した。

「そうやって指導するほうは簡単ですよ。しかし、相手はお客さまなんです。こちらとしても及び腰になりますよ」

そう佐藤に返され、「うーん」と今度は以蔵が腕を組む。

「顧客によるハラスメントを、カスタマーハラスメント＝カスハラっていーます。タクシードライバーに酔った乗客が難癖をつけるのなんかが、これに当たります。ま、タクシーの場合は、カスハラってゆーよか、暴行事件まがいのが多いっスけど」

「カスハラね」と、佐藤が口の先で軽く返す。「今おっしゃったみたいに、明らかな暴行事件になれば別なんでしょう。だけど、セクハラめいたことを言われる程度ならどうでしょうね？　法的な規制ってあるんですか？」

「ちょっと待ってください！」リコは思わず身を乗り出す。「〝セクハラめいたことを言われる程度なら〟とはどういう意味です⁉　それくらい我慢しろというんですか⁉」

西園寺歯科クリニックの一件に直面したばかりのリコは熱くなった。それを制するように、「確かに法的規制はないっスね」と横から以蔵が言う。

「ほうら、そうでしょ。であれば、うちとしては静観ですよ。確かにセクハラは許せません。しかし、たとえ相手がどんなエロじじいであっても……いや、失礼。どんな発言をされたのだとしても、その方がお客さまであることに違いないのですよ」

「相手がお客なら、なんでも許されるんですか⁉　売り上げ優先で、働いている方のことは考えないんですか⁉」

リコは、佐藤に詰め寄る。

「そうおっしゃいますけどね、本部からは厳しいノルマを突きつけられてます。ひとりのお客さまだってないがしろにできない。板挟みで、私も苦しいんですよ」佐藤が苦い笑みを浮かべた。「もちろん、そちらで防止対策を講じてくださるんなら、ぜひともお願いします」

カスハラは、以蔵が言ったとおり法規制の対象外の事案である。だが、そうした職場の問題に対応するのが斬り込み隊なのだ。

「もちろん、あたしたちで対処します！」

勝手にそう宣言していた。セクハラは女の敵。極悪非道な行いである。

「ね、ジョーさん」

そう同意を求めるも、彼は無言のまま眉ひとつ動かさなかった。

すると、佐藤が念押ししてくる。

「しかし、くれぐれも気をつけてくださいよ。つまり、疑わしきは罰せずでお願いしたいということです。万引だって、間違えるくらいなら、ただで商品を持っていってもらったほうがいいって、従業員にも警備会社にも常々言っています」

「承知しました」

今度は以蔵がきっぱりと応えた。それで、自分が暴走しすぎたことで、彼の機嫌を損ねてしまったかもと考えていたリコはほっとする。

さらに以蔵が、「被害者の田村優花《たむらゆうか》さんと面談したいんスが」と提案した。

佐藤が頷くと、事務机の上のマイクを取り上げる。

「練馬区からお越しの田村さん、練馬区からお越しの田村さん、お電話が入っています」

スピーカーを通じて、店内に彼の声が響き渡った。おそらく〝練馬区からお越しの〟も〝お電話が入っています〟も隠語なのだろう。しばらくしてドアがノックされ、佐藤と同じ黄色いエプロンをした、小柄な女性が現れた。十八、九歳といったところか。まだ、あどけなささえ感じられる。

「労働局の方だ。きみが呼んだんだろう？」

佐藤が、ユウカに向かって皮肉交じりな声をかける。それからこちらを見て、「この部屋を使ってください。私がいては、彼女も話しにくいでしょうから外します」そう言い置くと部屋を出ていった。

「あのう、あたし……」

脇を佐藤がすり抜けていった出入り口に、ユウカが所在なくたたずんでいる。

リコは気の毒になり、「こちらにどうぞ」と、長机の自分たちの向かいにあるパイプ椅子を勧める。

彼女が掛けると以蔵が、「このお店にはいつから？」と尋ねた。

「今年の三月に高校を卒業して、四月からです」

うつむいたままで彼女が応える。

「レジ業務が主ということっスよね？」

「はい」

やはり彼女は下を向いていた。

「接客中に不適切な発言を受けたと？」

以蔵の言葉に、ユウカは顔を上げないまま頷いていた。

「相手は複数っスか？」

「同じ……方です」

かすれたように小さな声だった。

「どんな方?」

「六十代後半〜七十歳くらいの男性……です」

「なるほど。で、なにを言ってきたんスか?」

思わずリコは、「ジョーさん、そんなこと」と小声でたしなめる。

以蔵も小声で、「だって、本人から聞かねーとだろ」と返してきた。

するとユウカがさっと顔を上げる。

「あたし、〝レシートはご入用ですか?〟って訊いたんです。カルトンにレシートが残っていたので。不用レシートなら回収します」

今までとは打って変わり、気持ちを昂《たかぶ》らせたようにそう言う。

「あの、カルトンてなんスか?」

「つり銭トレーです! コロナで非接触のために使ってます! あたしが、〝レシートはご入用ですか?〟って質問したら、〝レシートはいいよ。おねえちゃんなら連れていきたい〟って……」

さらに激高したようにまくし立てたかと思うと、マスクの上のつぶらな瞳に涙を浮かべた。

「〝レシートはいいよ。おねえちゃんなら連れていきたい〟──言ったのはそれだけっスか？」

リコは、以蔵に噛みつく。

「そ、それだけって、充分じゃないですか！　もう立派なハラスメントですよ！」

すると、以蔵がこちらを見た。

「おまえに訊いてねーっつーの」彼が再びユウカを見やる。「もっとなにか言ってませんでした？」

「にやにやしながら、〝かわいいな、ほんとにかわいいな。うちに来なよ〟って」

「あとは？」

「〝おねえちゃん、幾つ？〟って。それで、〝十八です〟って」

「応えたんスか？」

「……いけなかったですか？」

ユウカの目から涙がこぼれ落ちる。彼女の涙を見ても、以蔵は表情を変えずに訊いた。

「年齢を伝えたら、相手はなんと？」

「〝幼く見えるね〟って。あたし、しっかりしてないから……」ユウカは、肩を震わせて泣き出した。「……そしたら、お客さまは、〝でも、ちょうどいい〟って」

「〝ちょうどいい〟――どういう意味だろ？」

以蔵が考え込む。

ゆるせない！　とリコは再び熱くなる。彼女は、勤め始めてから二ヵ月も経っていないんだぞ。それでいきなりセクハラに遭えば、さぞショックだろう。

ユウカが震える声で続けた。

「お客さまは、〝うちに来な〟ってもう一度。すると、レジにできた列の後ろから、〝いつまで待たせるんだ！〟って怒鳴《どな》り声がしたんです。その方、お店に来てよく大声を出す中年のお客さまで……」

セクハラにパワハラ、このスーパーはカスハラだらけだ、とリコは思う。

「お客さまの怒鳴り声にびっくりしたのか、シニアのお客さまはレジを離れました」

カスハラがカスハラを追い払ったわけか、毒をもって毒を制すでござるな。

「このことを店長に報告したら、〝きみが緊張した表情で働いているから、気持ちを和らげようとしたんじゃないか〟って言われました。気持ちを和らげるってなんですか!?　あたしには気持ちが悪いだけです！」

「さっきうちの間宮が言ったとおり、そのシニア男性の言動は立派なセクハラっスよ。セクハラに立派ってゆーのも、おかしな話っスけど」

ユウカに泣かれてしまい、以蔵はすっかり困った表情になっていた。だが、質問しないわけにはいかない。

「言われたのは、一度だけっスか？」

「いえ」ユウカが泣きじゃくりながら首を横に振る。「ほかの日に、もう一度言われました。いやらしい笑みを浮かべながら、〝ほんとに連れていきたいなあ〟と。それから……」

彼女が口ごもる。

以蔵とリコは不思議に思い、顔を見合わせた。

リコは、「どうしました？」と訊いてみる。

ユウカは、「いえ」と小さく首を横に振った。

「それを聞いて、あたしは嫌な気持ちを抱えたまま仕事をしました。その気持ちは、家に帰ってからも消えませんでした。また言われるかと思うと、仕事に来るのがつらいです」

以蔵がさらに問う。

「そのシニア男性は、レジ業務を行うほかの従業員の方に対してもセクハラ発言をするんでしょーか？」

「先輩に訊いてみたら、なにも言われてないと。っていうか、その方は、いつもあたしが担当してるレジを選んでいます。ほかのレジがすいてても、あたしのレジの列に並ぶんです」

「分かりました」

と以蔵が言ってから、「うーん」と低く唸っていた。

「どうしました？」

とリコは訊く。

「現行犯で押さえる必要があるなー」

「というと？」

リコは、泣き続けているユウカをいたわるように眺めながら重ねてそう尋ねた。

「その男性が田村さんにセクハラした現場で、そーゆー発言は困りますって指導するほかないってゆーこと」

「そんな！　田村さんは確かに被害に遭ったと証言してるんですよ！」

リコはむきになる。

「いーか、相手はこの店の客なんだ。西園寺歯科クリニックの院長のケースとはわけが違う。事実を誤認すれば、スーパーに迷惑がかかる。俺たちはまず、レジでなにが行われたかの確認をする必要があんだー」

その日からふたりは、ユウカのレジ近くで張り込みを開始した。

「行為者《こういしゃ》は、また現れるでしょうか？」

リコは口にしてみる。セクハラ被害者に対して、セクハラ行為をした相手を行為者と呼ぶ。

「田村さんの言葉どーりなら、またやってくると思う〜」

「〝言葉どおりなら〟って、じゃ、ジョーさんは、彼女が嘘を言っているとでも？」

「だから、事実確認をせんとー」

以蔵が再びそう繰り返す。

コキン部では、職場におけるセクハラや、妊娠・出産・育児休業・介護休業のハラスメントなど男女雇用機会均等法に基づく是正指導の前段階で行う調査を報告徴収と呼んでいる。パワハラの調査は報告請求である。法の隔たりなくあらゆる事案を扱うコキン部分室では、実地調査という言葉を用いていた。チカミ機械工業の事案もそうだったが、今回も気の長い実地調査になりそうだ。

買い物をするでもなくレジの傍らに立っているビジネスモードのふたりに対して、不思議そうに目を向ける客もいた。おひさまスーパーの本部の人間だと思っているかもしれない。売上目標達成のため、檄《げき》を飛ばしにきたとか。

そろそろ交代でお昼ごはんを食べにいくかと、ふたりで相談していた午後一時半——。客の買い物かごの商品を、次々とPOSのバーコードリーダーで読み取っていたユウカの手の動きが止まる。表情がこわばっていた。

気がついたリコは素早く、「ジョーさん」と声を出す。

「ああ」

以蔵は、いつもの調子でのんびりと応えた。

ユウカの視線の先を、リコは追う。そこには、髪の毛の薄くなったシニア男性が立っていた。ラッキョウのような頭の形をしている。茶のシャツに白いジャンパーを羽織っていた。カーキ色のナイロンのショルダーバッグを肩に掛けている。飄々《ひょうひょう》とした表情で、総菜コーナーを物色していた。

ユウカがこちらに顔を向けると、あの人だというように頷いた。以蔵とリコも頷き返す。

リコは、行為者のほうに向かおうとした。考えてみれば、NGワードをぶつけられる前に、行為者に注意したほうが早いではないか。そうすれば、ユウカも傷つかずに済む。

すると以蔵に腕をつかまれた。

「おまえ、なにするつもりだぁ？」

「なにって、注意してこようかと」

「だから、現場を押さえたうえでの指導だって」

「田村さんがセクハラを受けるのを待てって言うんですか？　それじゃあ、まるで囮《おとり》じゃないですか」

以蔵がため息をついた。

「佐藤店長が言ってたはずだー、〝疑わしきは罰せずでお願いしたい〟ってー。店に迷惑はかけられんだろ？」

「はあ、まあ……」

リコが納得したと見て、以蔵が指示する。

「んじゃマンマミーア、おまえ、なんかテキトーに買い物しろ」

「え、なにを買うんですか？」

「なんでもいいから買って、行為者の後ろに張りつけ。きっと田村さんのレジに並ぶはずー。彼女にセクハラしたら、その場で御用だ」

「了解です！」

リコは店内用の買い物カゴを手にすると、売り場に向かう。行為者は、相変わらず総菜コーナーを回っていた。リコは、彼を監視しやすいスナック菓子が並ぶ一角に立つ。不自然にならないよう、自分も商品棚に顔を向けた。

——おお！ 思わず声を出しそうになる。のんのん米菓《べいか》の柿ピーが置かれているではないか！ リコにとって、世界で一番好きなスイーツ（？）が柿ピーだ。配合比率に関して、柿の種7対ピーナッツ3を黄金比とするのが大手製菓メーカーだ。だが5対5の、のんのん米菓製をこよなく愛するリコは、素早くカゴに入れるとレジを目指す。市場《しじょう》であまり見かけないのんのん米菓の柿ピーを棚に置くとは、おひさまスーパーのバイヤーもなかなかの目利きじゃのう。

すでにユウカのレジを目指していた行為者に追いつくと、その後ろにぴたりとついて列に並んだ。

行為者がユウカに近づくにつれ、彼女の表情が不自然に引き攣《つ》るようになっていた。リコの緊張も高まる。

そして、ついに行為者の清算の順番がきた。カゴにあるのは、鰆《さわら》の西京焼き弁当である。ユウカが張り詰めた声で、「お箸をお付けしますか？」と訊く。男が「箸はいらない、おねえちゃんが欲しい」とでも言うかと思い、リコは聞き耳を立てる。行為者は、にたにたと笑みを浮かべつつ常に視線をユウカから離さない。背後から男の姿を見ているうちに、リコの中で「許せない！」という気持ちがどんどん強くなる。男は無言のまま支払いを済ませると、名残惜しげに彼女に視線を向け去っていった。

レジで柿ピーの支払いをしているリコに向かって、以蔵が「俺は、あとを追う」と手《て》真似《まね》で知らせると、行為者に続き店を出ていく。

リコは、ユウカが心配だった。支払い客の列が途絶えると、ユウカはレジを離れた。リコも彼女のあとを追う。ユウカは売り場奥のドアから、バックヤードに入っていった。

リコもドアを抜ける。そこは明るい売り場とは対照的な、殺風景で薄暗い通路である。

リコは、コンクリート壁にもたれているユウカの姿を見つけた。

「大丈夫ですか？」

何本ものパイプが剝《む》き出しで走る天井からの照明を受け、彼女の顔が蒼褪《あおざ》めている。

「田村さん、隠してることがありますよね？」

リコは、先ほど店長室で話を聞いていた時、ユウカがなにか言いかけてやめてしまったことが気になっていた。

「話してくれませんか？」

うなだれていた彼女が、意を決したように語り始める。

「さっきのお客さまに、ほかにも言われたことがあるんです」

そこでいったん彼女は口を閉ざす。

リコは待った。

ユウカが、肩を震わせながら言葉を継いだ。

「〝抱いてやる〟って」

「え？」

リコは耳を疑った。

「〝うちで抱いてやる。いくらでも抱いてやるから〟そう言われたんです。あたし、怖くて、誰にも話せなくて……」

彼女はむせび泣いていた。

「〝抱いてやる〟か。エグいな」

以蔵が顔をしかめる。

「就職したばかりでセクハラに遭った彼女にしてみれば、相当なショックですよ。ああやって泣いちゃうのも分かります」

すっかり同情してしまったリコは、そう訴えた。

コキン部分室に戻った以蔵とリコは、経過を小百合に報告していた。

「行為者を尾行したら、三駅目にある倉庫会社に入りました」

倉庫会社の通用口にある窓口で、以蔵は労働局だと名乗り、就業形態を確認したそうだ。四勤二休で二十四時間操業しているらしい。

「〝ちなみに、さっき入っていったシニア男性は？〟って、窓口に座ってるちょびひげのオジサンに訊いたんス。そしたら、〝ああ、菓子《かし》さんね。菓子さんは、パート勤務の補強戦力で、早番と遅番で働いてるよ〟と」

そのあと以蔵は、「すごいっスね。顔見ただけでよく分かりますね！」と大げさに感心してみせたそうだ。すると、ちょびひげオジサンは、「僕《ぼ》かぁ、たいていのことは記憶してるよ」と得意げに、菓子なる男性のシフトも教えてくれたのだった。

リコは、「〝菓子さん〟ですか？　変わった名前ですね」と言う。

「ああ。なんでも、富山県で見られる珍しい苗字らしー。行為者も富山出身だと、ちょびひげオジサンが教えてくれた」

お誕生日席に座り、黙って実地調査の経過を聞いていた小百合が口を開く。

「田村って被害者の子は、そんなにすぐ泣くのかい？」

リコは頷く。

「幼い頃は、嫌なことがあっても、いいことがあっても興奮して泣くところがあったそうです。スーパーに就職してから泣く癖が戻ったようで、なにかあるとトイレで泣いたり、終業後に歩きながら泣いたりするんですって。セクハラ行為を受けてからは、さらに加速したと」

「ふーん」

小百合はなにか考えているようだった。そして、思い至ったことがあるようだ。

「泣くっていえばさ、アタシャ、朝ドラ観て泣いちゃうね」

え、そこですかい？　リコは、はぐらかされた気になる。

すると以蔵が、「けど、サユリさん、朝ドラなんて観られるんですか？」と尋ねた。

コキン部職員の勤務時間は、人事院規則が制定した午前八時半〜午後五時十五分。午前八時に放映される朝の連続テレビ小説を観てから出勤というわけにはいかない。

「スマホかなんかで観てるんスか？　それともテレビのある店で、昼ごはん食べながら再放送観てるとか？」

以蔵の言葉に対して首を横に振る。

「録画しておいて、まとめて観るのさ」

「そーゆーのですか」

「晩酌の時に、夫とふたりでね」

それを聞いて、以蔵と声を揃えてリコも、「へー」と言っていた。

「ほら、もう子どもたちも大きくなっちゃってるしさ。夫婦ふたりで晩ごはんってことが多いんだよ」

「なるほどです」

リコは、小百合の別の顔を垣間見た思いだった。

「ドラマ観てて泣いちゃって、ふと気づいたら夫も涙ぐんでてさ」

彼女が照れ笑いする。

気持ちがほっこりしたリコは訊いてみる。

「ご主人って、お仕事は？」

「一般企業のサラリーマンだよ。たいして出世はしてないけど、子育てには協力的だったかな。育メンの走りよね。あ、なかなかイケメンでもあるんだけど」

そこまで聞いてしまうと、以蔵もリコもあんぐり口を開けていた。

小百合のほうは、お構いなしに話し続ける。

「アタシャね、同じ厚労省でも麻薬取締官《マトリ》が志望だった」

「マトリですか!?」

ふたりで声を揃えていた。

「外語大に行ったんで、密輸関連で勉強した外国語が活かせると思ったんだよ。最終面接まで残って、推してくれる面接官もいたんだけど、〝今年は男子を取る年だから〟って言われて落とされた。もちろん今なら男女雇用機会均等法に引っ掛かる。でも、当時は似たような法律はあってもまったく機能していなかった」

疑問を感じた小百合は、当時の労働省婦人局に入省する。そこで行ったのは、まさに男女雇用機会均等法改正に向けての資料づくりだった。そして小百合が入省して四年後、現名称になったのだった。すなわち『雇用の分野における男女の均等な機会及び待遇の確保等に関する法律』である。

「アタシが結婚して、ひとり目を出産する際には、ちょうどさらなる法改正で妊娠したら解雇というのが禁止になった。それはね、絵に描いただけの育児休業から最初に脱した瞬間だったんだよ。ふたり目の出産の際には、育休から復職させない、復職時にパートに変更というのが禁止になった。アタシャね、まさに身をもって男女雇用機会均等法とともに歩んできたのさ」

翌日からも張り込みは続く。菓子は、早番勤務を二日行ったのち、遅番勤務に二日就いて二日休むというスケジュールを繰り返していた。早番の際には、勤務を終えた午後四時半くらいにやってきて買い物をする。遅番の際には、勤務に就く前の午後一時半くらいに来店し、休憩時間に職場でとる夜食の弁当を買っていく。ユウカの勤務も遅番と早番があり、ふたりのスケジュールを突き合わせ、張り込む時間を詰めていく。ユウカの勤務がない日に、以蔵とリコも休むことにした。

「思ったんですけど、行為者の来店時間がつかめるわけですから、その時間に田村さんがレジに立たなければいいんじゃないでしょうか？　行為者と顔を合わせさえしなければ、嫌な思いをせずに済むんですよ」

リコは提案してみた。ユウカを、菓子と会わないようにしてあげたい。あの涙を見て、不快な気持ちから救ってあげたいだけなのだ。

「田村さんが逃げ回るのは、おかしいだろー。それに、行為者は勤務のない日には、何時に来店するのか分からんのだぞー。やはり、行為者にセクハラをやめさせない限り、問題は解決できない。田村さんは、いつ現れるかもしれない相手に怯えながら仕事をすることになるんだー。そのほうが気の毒だと思わんか？」

すぐに以蔵に却下されてしまう。

そして、菓子の勤務がない日だった。土曜日ということもあり、開店間もない十時半の店内は混んでいた。早くも現れた菓子は、豆腐だのレタスだの鶏肉だのをカゴに入れていく。以蔵と一緒に彼を尾行したのだが、スーパーから五分ほどのところにある一軒家に住んでいた。何度かあとをつけていったが、家族らしい人の姿は窺《うかが》えなかった。

カゴを提げた菓子を追い、リコもレジへと向かった。自分のカゴには、ちょうど家の在庫が切れたところで、のんのん米菓の柿ピーがひと袋入っている。この張り込みがいつまで続くか分からないので、まとめ買いはしない。菓子が来るたびに、ひと袋ずつ買うことになるからだ。

ユウカのレジには、すでに列ができていた。ほかにもすいているレジがあるのに、菓子はわざわざ長い列の後ろに並ぶ。まあ、彼はユウカに接近することが目的なわけだし当然だ。そして、リコも列の後ろにつく。こうやって彼の後ろに並ぶのは何度目だろう？　休日ということもあり、目立たないようにスーツは着ていない。ジーンズにパーカ姿だった。平日だとそうはいかず、ほかの事業所も回らなければならないのでスーツ着用である。

それにしても菓子は、自分の後ろに毎回のように並ぶリコの顔を覚えていないのだろうか？　後ろの人間なんかよりも、レジにいるユウカが気になって仕方がないということか？　いや、彼はすでに張り込みに気づいていて、だから尻尾《しっぽ》をつかませないようにしているのかもしれない。なにしろレジの向こうには、行為に及んだ際は菓子を逃がすまいと以蔵が立っているのだ。その以蔵は、いつものように薄いブルーのボタンダウンにニットタイ、ネイビーのジャケットという格好だ。それ以外の服装をしている彼を見たことがなかった。家で寝る時も、あの格好だったりして……まさかな。

あれこれ考えているうちに、菓子の清算の番になった。いつものように現金で支払いを済ませた彼の口もとが、なにか言おうと動く。いよいよだ！　リコは聞きそこなわないよう集中する。

「おい！　いつまで待たせるつもりなんだよ！」

その瞬間、後方で怒鳴り声がした。

すると気勢をそがれたように、菓子も動きかけた口を閉じてレジから離れた。

「客をいつまでも並ばせといて、ほかに店員はいないのか!?」

列の後ろで男性客が、大きな声を出し続けている。柿ピーの支払いを済ませたリコがユウカを見やると泣きそうにしていた。

「お店で、よく大声を出す方なんです」

彼女がささやく。

ああ、以前にユウカから聞いたカスハラオヤジか。リコは、彼女に向けて頷き返すと、柿ピーをつかんでレジから離れた。そして意を決して、男のほうに向かおうとする。

「おまえ、なにするつもりだ？」

以蔵だった。

「なにって、注意しようかと」

「俺たちの出る幕じゃないから。スーパーのお客なんだからなー」

間もなく店長の佐藤が現れ、隣のレジを解放した。「二番目にお待ちの方からどうぞ」と案内するが、怒鳴り散らしていた男に気圧《けお》されたのか誰も隣に移ろうとしない。その様子を見た男が、悠然と佐藤のレジに向かう。男は四十代半ば。がっしりした体軀《たいく》で、強面《こわもて》なのがマスクを着けていても分かる。

「お待たせして申し訳ありません」

佐藤が平身低頭する。

「土曜なんだからよ、全部のレジを開けとけよ！」

男がさらに佐藤を怒鳴りつけた。佐藤は頭を下げながら、清算作業を続ける。

「あなた、もうやめて」

女性がやってきて、男をたしなめた。そのあとで、「すみません」と佐藤に謝る。男のほうは女性を残してサッカー台に行き、購入した品をエコバッグにそそくさと詰め込むとスーパーを出ていった。

リコは、女性のもとに歩み寄る。以蔵も仕方なさそうにあとからついてきた。

「さっきの方とは、お知り合いですか？」

そうリコは声をかける。

「夫です。ああやって、店員さんをいびることがたびたびあって……。さっきも混んでるレジをわざと選んで、〝いつまで待たせるつもりなんだよ〟とキレて。やめさせたいんですけど」

「そうですよね」

リコが言うと、今度は彼女が、「あなたは？」と訊いてきた。

「労働局の者です」

そう応えたら、ジーンズにパーカで柿ピーを手にしているリコを、彼女がしげしげと見ていた。そのあとで、「もしや、クレーマーの夫のことでいらしているんですか？」

と慌てて尋ねてくる。

「違います」

彼女は少しほっとしたようだが、「夫の行動は、罪に問われるのでしょうか？」と重ねて質問してきた。

横から以蔵が返す。

「一歩間違えれば業務妨害罪に問われますー」

彼女はため息をついてから、赤座友美《あかざともみ》と名乗った。友美は三十代後半で、理知的な感じの女性だった。

「夫は、よいところもたくさんあります。子どもをかわいがるところとか」

「お子さん、お幾つですか？」

とリコは訊く。

「七つの男の子で、琉晴《りゅうせい》といいます。小学二年生で、今日はお昼まで学校なんです。琉晴に、父親のこんな姿は見せられません」

「ですよね」

リコの言葉に、彼女が頷く。

「琉晴に見せられないというだけではありません。ストレス発散のつもりなのか、立場の弱いお店の人に嫌がらせをする夫に対して黙っていられません。わたしが一緒だと止められるので、赤座はひとりで買い物に出たんです。わたし、並びにあるカフェで人と会う約束をしていて、もしかしたらとスーパーを覗いたら、やっぱり……」

友美が苦渋に満ちた顔をうつむける。しばらくして、彼女がさっと顔を上げた。

「労働局の方とおっしゃいましたね、もうひとつ相談に乗っていただけますか？」

そこでリコは言った。

「あたしたち、法の範疇《はんちゅう》を超えて職場の問題にフレキシブルに対応する斬り込み隊なんです」

友美が目を輝かせた。

「斬り込み隊——心強いです！　一緒に来てください!!」

そしてリコの腕を引き、つかつかと歩き出す。

「れれれれれ……」

訳が分からぬままにリコは連れていかれる。にやにやしながら以蔵もついてきた。

「赤座は、アクセサリーの通販会社を経営しています。女性スタッフ五人の小さい会社ですが、皆さんてきぱきと働き、チームワークがよくて順調に売り上げを伸ばしてきました」

友美に案内された（？）のは、おひさまスーパーの並びにあるカフェだった。

「その職場で、育休中の女性社員がいます。彼女、森山早紀《もりやまさき》さんです」

友美の隣に座っている女性が、「森山です」と頭を下げる。白いマスクに、白いカットソー姿だった。傍らに置かれたベビーカーにピンクのキルティングの上下を着た一歳くらいの女の子が乗っていて、早紀の顔を見上げている。友美が会う約束をしていたというのが、彼女なのだ。

テーブルを挟んで座っている以蔵とリコに向けて、友美がさらに続けた。

「わたしは、早紀さんの処遇が気がかりなんです。もうすぐ育休が明けるのですが、赤座は、彼女の職場復帰を受け入れるつもりがないようです。早紀さんとわたしは、ここで待ち合わせて、対抗する方法を話し合おうとしていました。そしたら、ちょうど斬り込み隊のおふたりにお会いできたんです」

以蔵が、友美と早紀に交互に目をやる。

「法律上、育休から戻ってくる社員を解雇することはできませんがー」

「赤座もそれは承知していて、自主退社するよう仕向けるつもりのようです。コロナ禍で、子育て中の女性を受け入れる態勢が整っていないという理由をつけて」

友美が小さく首を横に振った。

「このご時世で経営が厳しく、余裕がないのは分かります。彼も苦しくて、さっきのようにお店の方に八つ当たりしてしまうのでしょう」

リコは、「だからといって、許されないことです」毅然《きぜん》と言い返す。

「それは、わたしも理解しています。ですから、なんとか止めたいと……」

友美が申し訳なさそうに声を絞り出した。

早紀がせつなそうに友美を見やる。

「社長の奥さまである友美さんが、わたしを職場に戻そうと努めてくださるのは、感謝しかありません」

早紀が今度は、以蔵とリコに目を向ける。瞳が美しかった。白マスクの上で、まなじりの魅力がいっそう引き立つ。なんとなく、白をイメージさせる若い母親だった。

「三ヵ月以内に復職するという条件で、この子を認可保育園に預けられることになりました。もしも復職できないと、失業扱いになって入園資格を失います。そうなると入園辞退扱いになるので、今後は入園順位も低くなってしまいます。子どもを抱えて就職活動もできませんし、正社員としての復職は、ますます困難になります。なにより、わたしはあの職場で働くことが好きでした。プライドを持って働いていた仕事を失うのは、本当につらいです」

そこで以蔵が質問する。

「友美さんも、赤座社長の会社で働いてるんスか？」

「いいえ、わたしは夫に言われて、子育てに専念しています」

今度は早紀に向かって尋ねた。

「森山さんは復職の件で、ほかのスタッフの方たちには相談されていないんスか？」

「産休後の職場では、わたしがいなくても充分に仕事の対応ができているかもしれません。そうであったとしたら、ほかのみんなも、わたしが復職するのを望んでいないかもしれません。それが怖くて……」

友美が、早紀の言葉に頷いていた。

「子育ての経験者として、わたしは彼女の話し相手になっていました。その流れで、復職のことも話題に上るようになったんです」

そして、ベビーカーにいる早紀の子どもを愛おしげに見つめる。

「わたしは長い妊活のために、好きだった看護師の仕事を辞めました。そんな経緯もあって、育児や保活をしながら働く大変さを赤座も知っているはずなんです」

彼女がこちらに顔を向けた。

「なんとか早紀さんの力になってあげたい」

「分かりました」

とリコが言うと、ベビーカーの女の子もこちらに目を向ける。大きな、澄み切った瞳だった。

「かわいい」

思わずそうもらしたら、「陽菜《ひな》といいます」早紀が教えてくれる。

「ヒナちゃん」

この子のためにも、とリコは決意を強くする。

「斬り込み隊にお任せください」

そう言い放つと、隣で以蔵も頷いていた。

3

次の日の日曜、早番の菓子は勤務の終わった四時半過ぎに来店した。勤務後の買い物は、弁当ではない。玉ネギ、豚肉、牛乳、卵などをカゴに入れてゆく。

どうせこちらのことを気にしていないようだし、リコは空のカゴのままで菓子の後ろにつく。もちろん、菓子が並んだのはユウカのレジの列だ。順番が近づくにつれユウカの表情には緊張が募る。張り込みを続けながらも、ユウカが被害に遭うのをリコは望んでいない。さあ、頼むから今日もNGワードなんて発するなよと、祈る。でも、それならいつまでこの実地調査を続けるんだろう?

菓子が支払いを済ませ、ユウカが、「ありがとうございました」といつものように丁寧に一礼した。

その時だ、菓子がなにか言葉を返す。

するとユウカの顔色が蒼褪め、すべての動きが止まった。

〝抱いてやりたい〟〝いくらだって抱いてやる〟——確かにそう聞いた。リコは素早く菓子の腕をつかむ。

「ちょっとこちらに！」

「な、なんですか？」

菓子が慌てた表情になる。

すぐに以蔵も飛んできた。

普段の飄々とした様子を取り戻した菓子が、リコの顔をまじまじと見ていた。

「あんた、いつも俺の後ろに並んどられるね？」

——って、気がついてたのね！

「お話があります！」

とリコはきつく告げる。

「話があるなら、うちに来られ」

「……へ？」

以蔵のほうを見たら、「事実を確認しろ」というように頷いていた。あたしこそが囮でござったか！

「おねえちゃん、行くけ」

リコは、逆に菓子に腕を取られると、その場から連れ去られる。

「れ、れれれれ……」

以蔵もゆっくりとついてきた。


「なによ、じいちゃん。ミノリになんて、ぜんぜん似てやしないじゃないの」

玄関に現れた年配の女性が、がっかりしていた。

「だって、ばあちゃん。この人、いつも話しとるスーパーの子じゃないから」

「なんでそんな人、連れてきたのよ？」

〝そんな人〟呼ばわりされて、リコも困ってしまう。

「この人が、話があると言うんで。ほんとなら、あの子のほうがいいんだけど、まあ、代わりだ。ばあちゃんに合わせたくてな。少しは気晴らしになるやろ」

菓子の自宅の出入り口で、夫婦らしいふたりのやり取りを茫然と眺めていた。

菓子の妻らしい女性が、気がついたように廊下を引き返してドアの向こうに消えると、マスクをしてすぐに戻ってきた。歩く時に右足を引きずるようにしている。

リコはこの場をどうしたものか、困って以蔵を振り返った。彼が「おまえが仕切れ」

というように顎をしゃくる。

奥さんらしい女性の前で、セクハラ行為の確認をするのか……。それを押しつけてきた以蔵を恨みつつも口を開く。

「〝抱いてやりたい〟〝いくらだって抱いてやる〟──レジのスタッフさんに向かって、確かにそう言いましたね？」

「はあ、まあ」

と菓子が応えた。

「以前にも、同じようなことを彼女に向かって言いましたね？」

さらにリコは問い詰める。

「ええ、そうですね」

「あなたのしていることは、顧客によるお店の人へのハラスメントです」

「ハラ……ハラって……」

「どんなに彼女が傷ついたことか」

「傷……傷ついたがけ？」

「あなた、分からないんですか⁉」

リコの口調が厳しくなる。

「俺は、あの子をうちに連れて帰りたいと。そうすれば、ばあちゃんも喜ぶし。ばあちゃん――女房です。厚子《あつこ》っていうがだけど」

「はあ……」

リコは、視界に入っている厚子という女性を気にして言葉が曖昧《あいまい》になる。

「女房が転んで、ひざの骨を折ったがです」

彼女が右足を引きずるようにしているのは、そういうことか。ニットのパンツの下にギプスをはめているのかもしれない。

「ばあちゃんが動けんから、あの子が来てくれたら喜ぶんじゃないかと。で、うちに来てくれたら、お礼にうまいもんでも食べにいって、俺がだいてやるから」

なにがなんだか、リコには分からなくなった。

すると、厚子が急に声を上げて笑い出す。

「じいちゃんが、〝だいてやる〟なんて言うからよ」

「なにが悪いがよ？」

と菓子は不思議そうにしている。

「〝奢ってやる〞って、この人はそう言ったんですよ」

なおも笑いながら厚子が言う。

「どういうことですか⁉」

リコは声を高くして訊いた。

「〝だいてやる〞っていうのは、〝出してやる〞〝奢ってやる〞〝ご馳走《ちそう》してやる〞という意味です。富山ではそう言うんです」

ようやく笑いの収まった厚子が説明する。

「つまり、方言だと?」

リコの言葉に、「はい」と厚子が応えた。

菓子が頭髪の乏しくなった、ラッキョウ頭を掻《か》いている。

「こっちに来てから久しいですが、つい郷里《さと》の言葉が出てしまもてね」

今度は以蔵が尋ねた。

「以前、レジのスタッフさんに向かって、〝レシートはいいよ。おねえちゃんなら連れていきたい〞と言ったそうっスね?　それも一度だけじゃない。〝ほんとに連れていきたいなあ〞と言ったこともありましたよね?　これ、どーゆー意味っスか?」

「言葉どおりです。あの子を、うちに連れてきたいと思った」そこまで言って、菓子が大きくため息をつく。「そうですか、気味悪がられてたんですね。きっとミノリも、俺のことを嫌がっとるがやろう……」

「〝ミノリ〟とは？」

以蔵の問いに、「孫娘です」と菓子が返す。実乃里《みのり》は中学三年生だという。

「せがれ一家は、浜松で暮らしとります。孫娘が東京の高校を受験するいうがを、俺は強く反対しました。地元の高校でいいが。ミノリはヴァイオリンを弾くのが好きです。都会で揉まれるより、あちらで、趣味を楽しんだりしながらのんびり成長してほしかった。それをせがれに電話で伝えると、〝ミノリの進路に口を出さないでほしい〟ときつく言われ、一方的に切られました。その後、クリスマスや正月にプレゼントやお年玉を送っても、ミノリからはなんの連絡もないがです」

菓子がうなだれ、首を横に振った。

「俺は会社の転勤であちこち赴任し、最後に本社のある東京に来て、そのままここで暮らしとります。定年退職した今は、倉庫会社でパート勤務をしとります。せがれは、少年時代を過ごした浜松に愛着があるらしくて、そこで就職しました。せがれ一家とは、いい関係でおりたい。今の俺には、それが一番の望みです。いらんことを言うてしもたと、つくづく後悔しとります」

「もしかして、レジのスタッフさんは似てるんですか、ミノリさんと?」とリコは言ってみる。「それで、家に連れていきたいと?」

「ええ。うちに連れて帰ったら、ばあちゃんが喜びます」

菓子がうなだれる。

厚子が、肩を落としている夫を見やった。

「この人、ミノリに会えないわたしを気遣ってくれたんです」

以蔵が再び菓子に向かって、「十八歳よりも幼く見えるスタッフさんに対して、〝ちょうどいい〟って言ったのは、ミノリさんの年齢に近いってそーゆー意味っスね?」と問いかける。

彼が下を向いたままで頷いた。

以蔵がそっと告げる。

「おひさまスーパーに行ってはいけないなどとは、もちろん申し上げられません。しかし、ミノリさんに似ているスタッフさんのことは、遠くから見守るようにしてください。

離れているミノリさんに対して、そーされてるように」

「寿司でも食べにいくか？　俺、だいてやるから」という菓子の誘いを断り、以蔵とリコはおひさまスーパーに戻った。

佐藤に報告をしたところ、「来店してはいけないなんて、とんでもないことです！　菓子さまには、今後とも当店をご贔屓《ひいき》いただきたい！」と憤慨《ふんがい》する。

「いや、事情はよく分かりました！　うちの田村の誤解だったということですね！　私のほうから、きちんと言って聞かせます！」

「店長、それは違いまーす」と以蔵が反論した。「菓子さんの行為に、どういう意図があったかが問題ではないんス。問題は、菓子さんの行為を被害者がどう感じたかなんスよ」

——「俺たちはまず、レジでなにが行われたかの確認をする必要があんだー」以蔵の言葉の意味が、リコにはやっと理解できた気がした。

「どういうことなんだよ！」

突然、店内に怒号が響き渡った。

何事だろうと、三人で顔を見合わせる。

「こうしてわざわざ店まで、また足を運ぶことになったんだぞ！」

サービスカウンターに赤座の姿があった。カウンターの中にいる女性を怒鳴りつけている。佐藤が急いでそちらに向かい、以蔵とリコも続く。

「いかがなさいましたか？」

佐藤が赤座に尋ねる。サービスカウンターの女性従業員は、すっかり委縮《いしゅく》してしまっている。

「これ見ろよ！」と赤座がレシートを突きつける。「八十八円でキャベツを買ったはずなのに、百三十八円になってるぞ！　家に帰ってから気がついて、また来ることになったじゃねえか！」

「相すみません」と佐藤は頭を下げる。そのあとで、「青果売り場は昨日と同じですので、ご一緒に確認していただいてよろしいですか？」と伝えた。

赤座が不満そうに頷き、佐藤とともに売り場へと向かう。以蔵とリコもついていった。売り場の目立つところに、〔広告の品　キャベツ138円〕という値札の付いたコーナーがあった。

佐藤が、少し進んだところにある棚の前で立ち止まった。

「俺は、こっちのキャベツを買ったんだよ！」

なるほど、そこのキャベツが並んだ棚の上には、〈キャベツ88円〉という値札が付いている。

「この値札は、上の棚のハーフのものです」

「なんだと⁉」

確かに値札には赤い字で小さく〈1／2〉と書かれていた。上の棚には、半分に切られたキャベツがラップに包まれ置かれている。下の棚の丸ごとのキャベツの値札は、少し見えづらいが下のほうに〈広告の品　キャベツ138円〉とあった。

「広告の品ということで多めに仕入れて、二ヵ所で展開しています」

「おまえ、ふざけてんのか⁉」

「分かりにくくてすみません」

佐藤が慌てて頭を下げる。

「分かりにくいって、てめえ、分かってて、わざとやってるな⁉」

「いえ、そんな……」

「客を引っ掛けようとしてるんだろう、てめえ！」

以蔵のほうに目を向けると、クールな彼にしては珍しい苦々しげな表情を浮かべていた。「俺たちの出る幕じゃないから」——彼にはそう言われたが、リコはもう黙っていられない。

その時だ。

「パパ、カッコ悪い」

子どもの声がした。

赤座がさっと声のほうを振り向いた。佐藤も、以蔵も、リコもそちらを見やる。

「パパ、カッコ悪いよ」

小学一年生か二年生くらいの男の子だった。友美と一緒に立っている。彼は、赤座のひとり息子の琉晴なのだ。

赤座はつきものが落ちたように黙り込む。そのあとで妻に向かって、

「どうして……」

と言いかけた。けれど、やめてしまった。「どうして琉晴を連れてきたんだ？」と言おうとしたのかもしれない。

「この子が行くって言ったの」友美が言った。「琉晴は、パパが行くところにはどこにでもついていきたいの。あなたのことが大好きなのよ」

赤座は、逃げるようにその場をあとにした。

4

翌月曜の朝、株式会社赤座アクセサリー通販の始業時刻である十時に、一同は事務所前で集結した。すなわち、赤座の妻の友美、育休から職場復帰しようとしているアラサーの森山早紀、そして小百合、以蔵、リコである。早紀は、ヒナをベビーカーに乗せていた。ヒナは、明るい陽の中ですやすや眠っている。

友美と早紀が、緑色に白抜きで〔コキン部〕と文字の入ったマスクをした三人を目の当たりにし、衝撃を覚えているようだった。

勝負マスクが恥ずかしいリコは、事務所前に到着してのち自分のマスクから着け替えている。

「さあ、出陣だよ！」

小百合が雄叫《おたけ》びを上げ、まずは友美が事務所内に踏み入った。早紀がベビーカーを押してそれに続く。コキン部の面々も中へと入った。

接客用のカウンター越しにパソコンが載った机が六つ、奥に大きな作業台が置かれているのが見える。作業台では、ふたりの女性が透明な袋に入ったアクセサリーを梱包する作業を行っていた。手前のデスクには女性がふたりと男性がひとり、電話で話したりパソコンのキーボードを叩いたりしている。男性は赤座で、「友美……」と突然やってきた妻の名前を不思議そうに呼んだ。

赤座が、妻のすぐ後ろにいる早紀に気がついた。

「森山さん、久しぶりだね」

と、彼が笑みをたたえる。その笑顔は、どうにも信用ならなかった。

「ちょうどよかった。伝えたいことがあったんだよ。少し時間がとれるかな？　よければ、会議室へ――」

「その必要はないわ」赤座の言葉を遮ったのは、友美だった。「話があるなら、ここですればいいじゃない」

「なにを言ってるんだ？」

彼は相変わらず笑みを含んだままで言う。そうして、友美と早紀の背後にいる緑色のマスクをした三人に目を移す。

「そちらの人たちは？」

「労働局の斬り込み隊の方々よ」

妻の応えに、彼は一瞬ぎょっとなる。だが、すぐに一笑に付した。

「斬り込み隊とは、穏やかじゃないな。もしや俺が、スーパーの店員に難癖をつける件で来ているのかな？」

「今日こちらに伺ったのは、その件じゃないよ」

そう言ったのは小百合だった。

「こちらにいる森山早紀さんを、子育てを理由に解雇したり、自主退社に追い込んだりするのは不当で違法なこと――それを伝えにきたんだ」

「そう言うがね」と赤座が反論する。「時節柄、うちも厳しいんだよ。引き締めるところは引き締めないと、会社が立ち行かなくなる。そうしたら、ここにいるみんなが困ることになるんだ」

するとと、友美が発言した。

「早紀さんは英語の上級者よ。海外からのメールが多くなっているって、あなた嬉しそうに話してるじゃないの」

「翻訳ソフトがあるからね。なんとかなるよ」

そう言い返す夫に、「海外からの問い合わせに、生きた英語で懇切丁寧な対応を行うことで、この会社はもっとグローバルな展開ができるはずよ」、友美が必死に訴える。

「わたしは妊活で、好きな仕事を辞めなければならなかった。だからこそ、あなたの会社に戻りたいって希望してくれてる早紀さんを応援したいの」

赤座が少し考えたあとで、重々しく告げた。

「はっきり言わせてもらおう。森山さんが産休・育休に入ったあとでも、今ここにいる四人のスタッフと私とで乗り越えることができたんだ。人手は足りてるんだよ」

彼が早紀のほうを見やる。

「きみが休みに入った翌日、私はみんなに、〝彼女なしで頑張ろう〟と宣言した。みんなも、〝頑張りましょう〟と声を上げて結束したんだ。確かに最初の二〜三ヵ月は困ったけれど、なんとか乗り切れた」

早紀がベビーカーのハンドルを握りしめ、うつむく。

「社長」と、作業台にいた若いスタッフのひとりが発言した。「早紀さんが産休に入った時、確かにあたしたちは〝頑張りましょう〟と結束しました。それは、自分たちが同じ立場になった時、安心して休める職場にしなければって考えたからです」

するとほかのスタッフからも、「そうです！」と声が上がった。

赤座が黙り込んでしまう。

「赤座社長は、いい方たちに囲まれているようね」穏やかな声で発したのは小百合だった。「ご主人の会社を、よりよくしようと説得してくれる友美さん。そして、活き活きと働くスタッフの皆さん」

赤座は、自分の席で茫然としている。

小百合が、さらに語りかける。

「育休を終えた女性は、出産・育児という経験をして、知恵と慈しみを身に着けてる。アータは毎日、友美さんを見ててそれに気づかないのかい？」

小百合が、今度は早紀のほうに顔を向けた。

「育休という学びを経た森山さんは、めったに手に入らない貴重な人材だよ。アータはそれを手放そうとしてる。なんとも、もったいない話だね。それに――」と赤座に視線を送る。「アータも、森山さんを復職させないことで苦しんでたはずだ。それで、スーパーのスタッフさんに当たり散らしてたんだろ」

「だがね、うちが厳しいのも事実なんだよ」うつむいた赤座が、噛みしめるように言う。

「頼む、もう少し考えさせてくれ」

今日はこのまま引き返すしかないのか……リコがそう思い始めた時だ。顔を上げた赤座の動きが止まる。早紀の横で、ベビーカーのヒナが目を開けたのだ。そして、澄んだ瞳を赤座のほうに向けている。それを見た赤座のマスクの上の表情が、感慨深げだった。

「パパ、カッコ悪いよ」——もしかしたら、琉晴から浴びせられたひと言を思い出しているのかもしれない。いや、きっとそうだ！

赤座がぎゅっと目を閉じると、今度は大きく見開いた。

「この際、みんなで頑張ってみるか！」

そう口にしたあと、彼が早紀のほうに視線を送る。

「森山さん、いつから戻ってこられるんだい？」

「社長、ありがとうございます！」

赤座が、今度は友美に向かって言う。

「スーパーで百三十八円のキャベツを買った帰り道の空がきれいだと感じられる、そんな生き方をするよ」

彼の妻がほほ笑んでいた。

早紀が満面の笑みで、赤座に向かってお辞儀する。

「だぁー」

ヒナが声を上げて笑うと、赤座の顔がとろけるようだった。

「友美さん」小百合が、赤座夫人を見る。「アータ自身も、ぜひ看護師の仕事に戻って。大好きな仕事に。夫と育児を分け合うことで、家族の絆は深まるんだからね」


赤座アクセサリー通販をあとにすると、「もう一軒立ち寄るよ」と小百合が言う。三人が目指したのは、歩いて五分ほどの距離にあるおひさまスーパー西郊店だった。

佐藤に申し入れ、勤務時間内にユウカと話をする許可をもらう。店の出入り口そばにあるイートインコーナーで、三人は彼女と向き合った。コロナの影響で、椅子もテーブルも撤去されている。ぽっかりとなにもない空間での立ち話である。

緑色のマスクをした三人に取り囲まれただけで、緊張したユウカはすでに涙ぐみそうになっていた。その気持ちは、まあ分からなくもない。

以蔵が、彼女の気持ちを解きほぐさんと優しく尋ねた。

「その後、菓子さんが接触してくるようなことはないっスか？」

しかし逆効果で、菓子の名前を出しただけで、彼女の涙の堤防は決壊寸前だ。首を横に振るのが精いっぱいらしい。

「泣くこと自体は悪いことじゃないんだよ」

突然、小百合がそんなことを言い出す。

ユウカがびっくりしたように、顔を向けた。

小百合が続ける。

「アタシもドラマを観て、よく泣くんだ。それはね、自分にコントロールできない世界の話だから。言葉は悪いけど、他人事《ひとごと》だ。けれど、他人のために涙を流せるっていうのはいいんだよ。心の浄化になる」

ユウカが話に聞き入っていた。涙は引っ込んでしまったようだ。

「だけどね、自分のこととなったら別だ。特にそれが仕事であれば、当事者中の当事者。嫌なことがあったって、泣いてるだけじゃあなんの解決にもならない。考えて考えて、その問題を乗り越えてゆくの。人は、考えて、積極的に行動することで強くなれるんだよ」

それだけ言うと、小百合は踵《きびす》を返す。そして、おひさまスーパーの出口を目指した。

以蔵もリコも、ユウカに一礼すると急いで小百合に続く。「あとはアータしだいだよ」と言っている背中に追いつくように。

第三章　帰らない上司

1

都営《とえい》線と丸ノ内《まるのうち》線の地下鉄を乗り継いでの移動のため、車窓風景ファンの以蔵は寄る辺のない表情でいる。と思ったら口を開いた。

「知人の博多《はかた》の消防士がさー」

博多の消防士って、どんなつながりの知人だよ？　と、リコは心の中でツッコむ。

「車両が線路を走る音が好きでさー」

「出た！　また鉄ちゃん話《テツバナ》ですね」

リコが今度は声を出してツッコんだ。

「だから、俺はテツじゃないから。テツなのは、博多の消防士ぃー」

「で、そのテツの博多の消防士がどうしたんです？」

「彼さ、地下鉄の線路の音が好きなわけ。コロナ前は、よく東京に来て地下鉄に乗ってたんだ」

「嘘《う》っそ！　わざわざそのために⁉」

驚いて、窓に映った吊革につかまっている以蔵に向かって訊き返す。彼が頷いた。

「ほら、東京って地下鉄が豊富でしょ。彼は、地下鉄専門だから」

もはや言葉がない。

「彼の一番のお気に入りは、半蔵門《はんぞうもん》線なんだって。線路のつなぎ目の間隔と音が最高だと」

「変態ですね」

リコがくさすと、「ぐふ」以蔵のブラックマスクの上の目が笑っていた。この笑みは、はたしてなにを意味するのだろう？　俺はそこまで変態じゃないぞ、とでも言いたいのか？　むしろ変態とは、最大級の賛辞だったりする？

「マンマミーアさ、おまえ、なんで安定所の職員になったんだぁ？」

それまでの会話と、なんの脈絡《みゃくらく》もない質問を突然してきた。

呆《あき》れつつもリコは、「雇用と失職の間で揺れている人たちのために汗を流したかったからです」と適当にいなしておく。

窓の中の以蔵が、隣でやはり吊革につかまっているリコに顔を向けた。

「なに面接の志望動機みたいなこと口走ってんだあ。俺が訊きたいのはそーゆーのじゃねーの」

仕方なくリコは、「安定しているからって理由で、国家公務員になったんですよ」と本当のところを言う。

「そりゃーまた、ド直球な理由だな」

「全部話すと相当長くなるんですけど、ざっくり言えばそうなります」

「ふーん」

リコのほうが今度は質問した。

「ジョーさんは、なぜ労働基準監督官を志望したんですか？　あたしはⅡ種試験に受かってから、人気がなくて入りやすそう程度の理由でハローワークを選択しました。でも監督官になるためには、労働基準監督官採用試験に合格する必要があるんですよね？つまり、ピンポイントで目指してたってことでしょ」

彼が頷いた。

「俺、大学卒業してさー、二年間フリーターやってたんだ」

「へえ」

なにやら意外な方向に話が飛んだぞ、とリコは興味を持つ。

「バイトのダブルワーカーだったのヨ。朝八時半〜夕方五時半で酒屋、そのあと六時〜十時までカラオケ屋。この生活が、自由どころか結構つらくってさー。身が持たんと思って、ちゃんと就職することにしたんだー。そうなると、勉強して公務員試験受けるしかねーだろ。労働基準監督官になったのは、彼女が美容師でサービス残業してたのを見てたからー」

おっと、またもや意外な事実が。

「ジョーさん、彼女さんがいたんですか？」

「なんだよー」

まあ、話し方は締まりがないし、なにを考えてるのか分からないとこはあるけど、顔はイイもんな。

さらに以蔵が続ける。

「俺ってぇ、おカネよかモチベーションで働きたい人じゃない」

って知らないし。

「それで監督官になったんだー。人助けってモチベーションで」

「立派です」

「茶化してんのかー」

「その彼女さんとは？」

「フラれたー。勤めてた美容院のオーナーと結婚して、今度は従業員にサービス残業させる側に回った」

「あらら……」

以蔵は真っすぐ前を向いていたが、その目は地下鉄の窓に映った自分たちを見てはいなかった。

「一昨年《おととし》だったかな、まだコロナの前だ。美容院の従業員から申告があってな。あんまり悪質なんでガサを入れることになったんだ」

労働基準監督官は、特別司法警察員として強制捜査を行うことができる。

「おっと、斬り込み以蔵の本領発揮ですね」

リコははしゃいだが、ブラックマスクから覗いた以蔵の表情は沈んでいた。

「美容院で久しぶりに彼女と顔を合わせた。蔑んだような目で俺を見てたよ。フラれた腹いせかって目でなー」

リコは黙っていた。

「そんなことがあったからってわけじゃないが、ここんとこ仕事に行き詰まりを感じてたんだー」

こう見えて以蔵にもいろいろあるんだな、と思う。あんまり陰影のない人だから、過去とか想像したことなかったけど。

彼が、「いい機会だったよ、今度の異動は」と呟いた。

荻窪《おぎくぼ》駅で下車し、エスカレーターで午前十時の地上に出る。関東甲信が、平年より七日ほど遅く梅雨入りしてから二週間が経っていた。今日も雨が降っている。以蔵が、クラシックなスタイルのコウモリ傘を開いた。握っている手元は、ごつごつした節のある竹製だ。リコも傘を開く。時代劇ファンとしては番傘と行きたいところだが、そこは機能重視。スリムで軽いワンタッチの、大人かわいいモカストライプのアンブレラだ。

杉並《すぎなみ》区の中央部に位置する荻窪は古くからの住宅地だが、駅前周辺は繁華街だ。その繁華街の裏道に建つ雑居ビルに、実地調査先はあった。

「貴社の社員さんから、本省の情報メール窓口に相談がありました。内容は、直属の上司である制作部長が連日のように徹夜作業を続けているため、帰宅しづらいとゆーものなんス」

以蔵の言葉に、マスクをした蟹本《かにもと》がじっと耳を傾けていた。蟹本は、六十歳くらい。白いものがまだらに混じった髪を八・二……いや、九・一に分けている。額が広く、眼鏡の奥の眼光が鋭かった。グレーのスーツに、臙脂《えんじ》のネクタイをしている。彼が映像制作会社、株式会社カニモの社長だった。

「メールは匿名でしたか？」

蟹本の質問に、「いいえ」と以蔵が応える。

「社員の名前は教えてもらえるんですかな？」

「それはちょっと」

細長い五階建ての雑居ビルで、カニモのオフィスは一階と二階を占めている。以蔵とリコは、一階事務所奥にある応接室に通されていた。

「誰なのか見当はついてますよ」蟹本がにやりとした。「遠藤《えんどう》でしょう」

もちろん、以蔵は応えない。相談者の名前が遠藤であることを知っているリコは、どきりとした。

「遠藤は才能のあるイラストレーターというだけでなく、CG制作も行います」

向かいの応接ソファに腰かけている蟹本が、突き出たお腹《なか》の上で両手を組む。

「実は、以前に彼が直訴《じきそ》してきました。〝部長が毎日夜遅くまで仕事をしていて、いつ退勤したらいいか分からない〟と」

「で、蟹本社長はなんと？」

以蔵がポーカーフェイスで質問した。

「部長が残っていようがなんだろうが、自分の仕事が終わったら帰ればいいと言い聞かせました」

遠藤が、すでに蟹本に直接訴え出ていたとは意外だった。訴えが取り合ってもらえず、霞が関の情報メール窓口に相談してきたということか？

「しかし社員さんにしてみれば、徹夜しようとしている部長に向かって、〝お先に失礼します〟とは、やはり言いにくいのではないでしょーか」

「では、どうしたらいいのですか？　部長は、必要があって残業をしているのですよ。

それを放棄して帰れというのですか？〝遠藤が帰りにくいそうだから、きみも定時で帰宅するように〃とでも私に命令しろと？」

「いやー、そーゆーことでは……」

さすがの以蔵も困っていた。隣でリコも、ここは返す言葉がござらん、と屈服してしまう。

「残業するのも自由。勤務時間が過ぎれば、帰るのも自由なんです」そこで蟹本が以蔵を見て、「違いますか？」と問いかける。

「ま、そうっスよね」

「でしょう」

蟹本が満足げに頷いていた。

今度は以蔵が、「カニモさんでは、残業代の支給は？」と訊く。

「メディア関係やIT関係の企業では、裁量労働制や固定残業代制などの労働時間制をとっているところが多いです。映像制作会社である当社も、従業員の残業時間をあらかじめ見込んで、基本給に上乗せしています」

「みなし残業代ってやつですねー」

「ええ」と、蟹本が今度はしっかりと確信を込めて頷く。「我々の仕事は、こだわろうとすればいくらでも時間を費やすことになります。企画書やシナリオを作成するのも、撮影した素材を編集するのも、時間をかければよくなる。ですから、あらかじめある程度の残業を見込んで、その分の残業代を支給しているわけです」

「つまりカニモさんでは、残業するのを奨励しているとー？」

「いや、誤解しないでください。ある程度の残業は仕方ないと考えているという意味です。とはいえ定時で仕事を終えられれば、それに越したことはないでしょうな。固定残業代制が設定されている状況で毎日会社を定時に退社できれば、残業がない分だけ給与は多く支給されることになります。従業員にとっても、そのほうがいいに決まっている」

「連日徹夜してる部長も、固定残業代制なんスか？」

「いいえ。彼——大沢《おおさわ》には、そもそも残業代が出ません」

「どーゆーことっスか？」

「なぜなら大沢は役員だからですよ」

蟹本の許しを得て、以蔵とリコは二階事務所を目指して雑居ビルの階段を上る。勝手にどうぞという感じで、蟹本は案内してくれなかった。実地調査先で自分たちが歓迎されないことは、これまでの経験でリコにも分かっている。

以蔵がノックしてドアを開けると、事務所内には三十人ほどのスタッフがいた。スチールデスクが壁側に沿ってぐるりと置かれ、人々は壁に向かって座っていた。各自の間にスチール製のラックが置かれ、広くはないが集中できる空間が保たれている。事務所の真ん中に、打ち合わせ用らしいテーブルが置かれていた。皆が、中央に背を向けているのは、異様な光景でもあった。制作部門らしく、室内は静かである。

「あの、さーせん」以蔵が、ドアから入ってすぐのところに置かれたデスクの若い女性にそっと声をかけた。「大沢部長はどちらっスか?」

その赤い眼鏡フレームの女性社員はすっと立ち上がると、「こちらです」と案内してくれる。そして、壁に向かっているデスクのひとつで立ち止まると、「大沢部長、お客さまです」と声をかけた。

相手は、〝部長〟という役職とは不釣り合いな後ろ姿である。というのも、モップみたいなドレッドヘアにTシャツ姿だったからだ。彼が、壁、いや、壁の前のパソコンに向けていた顔を身体ごと振り返らせた。回転椅子が、ギイと音を立てる。太っているわけではないが、大柄で骨太な感じだ。こんな人に、連日の徹夜で座りっぱなしにされている椅子が、リコには気の毒に思える。

「どちらさん？」

顔が長く、マスクの下方からしゃくれた顎が突き出していた。煮染《にし》めたような肌の色と同じ、茶色の立体マスクをしている。

以蔵が名乗って、名刺を手渡した。リコも名刺を渡す。名刺を受け取る時、大沢の指先が小刻みに震えているのに気がついた。こう見えて緊張しいなのかもしれない、とリコは想像する。

「労働局ねえ」

と名刺を眺めながら呟く。手の震えは止まらなかった。

「で、なんの用よ？」

「ちょっとここでは—」

と以蔵が言うと、「んじゃあ」と腰を上げる。椅子がまたギイと音を立てた。それが、大沢の体重から解放された椅子がほっとしてついた、ため息のようにリコには聞こえる。

大沢が長いしゃくれ顎で促した。彼についていった先は、廊下の反対側にある大きな液晶画面が壁に掛けられた部屋である。

椅子とテーブルはあるが大沢に勧められないので、以蔵が立ったままで伝えた。

「大沢部長の徹夜作業が常態化していて、帰りにくいという従業員さんの声があるんスが」

「その〝声〟っていうのは、誰のもんだ？」

以蔵が黙っていると、「まあ、だいたい予想はつくけどな」大沢がにやりとする。

「分かったよ」大沢があっさりと言った。「みんなに、俺が残っていることは気にせず退社時刻になったら帰るように伝えよう。それで、どうだ？」

確かに、それ以上こちらからどういう提案ができるだろう？　そう思うのだ。

「さっき、オフィスの机の配置を見たろ？」

以蔵とリコは頷く。

「映像制作はクリエイティブな仕事だ。クリエイティブっていうもんは、たくさんの人間がかかわればとんがらなくなる。映像屋の従業員は、ひとり商店だと思ってる。あそこにいる人間ひとりひとりが商店主だ。だからああやって、それぞれが独立した形で仕事ができるように席を配置してるんだ」

「なるほどー」

「誰が帰ったとか、誰が残ってるとか、そんなことは気にする必要なんてない。自分の仕事をしてりゃあいいんだ。事務所のレイアウトを決めたのは、俺。その俺が、そう言ってるんだから間違いないだろ」

カニモをあとにして、再び荻窪駅に向かう。雨が激しさを増していた。外に出ることが多い仕事なので、リコはショートブーツ型のレインシューズを履いている。以蔵はいつもと同じく黒のプレーントゥである。雨が沁《し》みたりしないのだろうか？　と思って彼の足もとをよく見ると、プレーントゥが普段の革底ではなくゴム底だった。ぴかぴかに磨き上げられ、雨滴《あまつぶ》を弾き返しているようである。グレーのパンツには跳ねひとつ上がっていない。

「すみませーん」

背後から声がかかった。ビニール傘をさした三十代前半の男性だった。

「あの、労働局の方ですよね？」と彼に訊かれる。「僕が相談メールをした遠藤です」

「ああ、あなたが」

と以蔵が応じた。

「さっき、僕も二階にいました。部長を訪ねてきたおふたりを見て、追ってきたんです」

「そーでしたかー」

「で、部長はなんと言ってましたか?」

「〃みんなに、俺が残っていることは気にせず退社時刻になったら帰るように伝えよう〃と」

遠藤が舌打ちした。いかにも生真面目《きまじめ》そうに見える彼に、ふさわしくない仕草だった。

「そんなこと言われたって、こっちは、〃はい、そうですか〃って帰れるはずないだろう。なんで徹夜なんて続けてるんだ、あの人は!」

苛立《いらだ》たしげに言葉を並べる。

「部長はクリエイティブなんて言ってますが、うちの会社がつくっているのは官公庁や町工場の広報映像です。部長だけが、あんな頭して、あんな格好して、昭和の映像屋を気取ってるんですよ。社長の考えでは、うちの会社はあくまでサービス業で、スーツ着用が基本だっていうのに」

クールビズに入ってノーネクタイながら、遠藤はきちんとしたスーツ姿である。先ほど、大沢の席まで案内してくれた女性もパンツスーツ姿だった。

「うちの会社は、メディア系の企業によくあるフレックスタイム制を導入していません。定刻に出社し、定刻に退社すべきなのに、部長だけが社内ルールを無視して自由人のつもりでいる。徹夜しているかと思うと、朝になると帰って遅い時間に出社したり。なにより、部長の常態化している過剰労働は異常です！　僕は、何度も部長にそう言ってます！」


「それは、パワハラにはならないね」

と小百合が言った。

リコも、「やっぱそうですか」と納得してしまう。

黙ってしまったリコを見て、小百合が続けた。

「従業員が帰ろうとしたら、その部長に引き留められる？　そうじゃないんでしょ？　たとえば、〝お先に失礼します〟って言って職場を出ようとすると、部長がかけてくる、〝お疲れさん〟の声が異様に威圧的であるとか？　そういうわけでもないんだよね？

帰宅途中のスマホに、部長から仕事のことであれこれメールが入ってくるとか？」

「ないですね」

　とリコは返す。

「帰ればいいのよ。部長が残業してようが、徹夜しようが、帰ればいいの」

「しかし、サユリさん」と以蔵が、お誕生日席に顔を向ける。「定時を過ぎていても、〝すみません。お先に失礼します〟と気を遣いながら帰るのは、日本人的だと思うんスよね。なぜなら日本て、会社の滞在時間が長ければ長いほどいいって考え方が根強くあるじゃないっスか。従業員側の心理には、会社にいなければなにもしていない、会社への貢献が足りないという恐怖心が生まれやすいんじゃ？」

「あんたもそうなのかい、ジョー？」

「俺らは、働き方改革を推進する側っスよ」

「アタシが残業してると、帰りづらいとか？」

「ないっス」

　以蔵がそう応えるのを聞いて、実は逆の意味で気を遣っているのではないかとリコは思う。長時間労働の是正を標榜しつつ、自分たちも残業に追われる毎日だ。特に管理職である小百合の仕事量ときたら……。毎日遅くまで分室に残り、年休も取れない小百合の立場は国の掛け声とは相矛盾するところにある。そこをあえて見て見ぬふりをすることこそが、部下としての気遣いになるのかもしれない。ヘンな話ではあるのだが……。

デスクの電話が鳴って、リコは受話器を取る。

「雇用環境・均等部千鳥ヶ淵分室です」

「カニモの遠藤と申します」

「あ、遠藤さん。今朝伺った間宮です」

リコの口から出た名前に、向かいの以蔵が注目してくる。

「実はお願いしたいことがありまして――」

電話の向こうで遠藤が言った。

翌日も雨で、以蔵とリコは再びカニモを訪れていた。遠藤が、蟹本と大沢に直接交渉するので、立会人になってほしいというのが、彼の「お願いしたいこと」であった。

一階の応接室では狭く密になるので、二階の大型モニターがある会議室で話し合うことになった。

「社長、これまでも申し上げてきたことですが、大沢部長の徹夜作業をやめさせるべきだと思います」

遠藤が、横長のテーブルの向こうにいる蟹本に訴えた。蟹本の隣で、大沢が目を閉じて腕組みしている。

その大沢に向かって蟹本が、「オーちゃん、あんまり無理するなよ。身体のことも考えて、徹夜もほどほどにな」と諭した。

「はい」

と大沢が素直に応える。だが、目は閉じたままだった。大沢と蟹本は、同志とでもいった雰囲気である。

リコは訊いてみた。

「あの、大沢部長、徹夜とはいえ仮眠されると思います。その際は、やはり椅子で?」

ギイと音を立てていたあの椅子に、なんとなく同情していたのだ。

彼が目を閉じたままで、「そうだ」と応える。もしかしたら眠いのか?

「徹夜続きで、お風呂とかどうされてるんですか?」

事務所に臭《くさ》い人とかいるの、ヤだしな。

目を開けた大沢の、マスクの下の口もとが動いたようだ。どうやら、にやりとしたらしい。

「その点なら心配無用。この近くに部屋を借りて住んでる。シャワーも浴びるし、着替えもする」

それが遠藤の言ってた〝朝になると帰って遅い時間に出社したり〟の真相か。

「家に帰って眠ってはいかがでしょう？　そのほうが疲れも取れて、気分がすっきりすると思いますよ」

「俺の働き方に対して、あれこれ口出ししないでもらいたい」

リコはなおも食い下がる。

「働き方改革ってご存じですか？　ワーク・ライフ・バランスの実現のためにも、ここはぜひ大沢部長も働き方改革を……」

すると蟹本が、リコの語尾に食い込むように自分の話をかぶせてくる。

「ワーク・ライフ・バランスっていうがね、仕事が生きがいだっていう人間もいるわけだよ。きみは、オーちゃんから生きがいを奪おうっていうのか？」

「そんな……」

リコは押し黙る。

「であるなら、オーちゃんに自由に働かせたらいい」

「そこなんスけどね」と以蔵が口を開く。「確かに労働基準法上、管理監督者には残業代は払わなくてよいんス。あ、管理監督者って、事業主と同等で自己の判断で出退勤が自由にできる人になりますー。大沢部長は管理監督者だから、徹夜しても残業代は発生しません。しかしっスね、帰りにくくて残業してる部下の皆さんは実労働時間の管理が必要です。みなし残業代を払っていても、それを超えれば時間外労働手当が発生します。労働基準監督署が来たら、すっごーい額の残業代払わせられますよー。あ、自分、人事交流で今は特例事案指導官してますけど、それは世を忍ぶ仮の姿で、実体は監督官なんス」

世を忍ぶ仮の姿って、遊び人の金さんを装った遠山金四郎《とおやまきんしろう》かよ。それとも、越後《えちご》のちりめん問屋の隠居《いんきょ》に扮した水戸光圀《みとみつくに》か。ところで、以蔵の没収（？）された労働基準監督官証票は、人事の金庫に入ってるらしい。

「はは」と蟹本が、穏やかな笑みを浮かべた。「従業員には、四十時間分の固定残業代を支払っています。四十時間以上の残業を行う場合には、経営者である私に申請書を提出し許可を得る必要がある。まあ私は、ほとんどの残業申請を却下していますがね」

「却下するのは、あくまで従業員の皆さんに残業させたくないという意図に基づいてってことっスか？」

「もちろんです」

蟹本が大きく手を広げて見せる。

「管理監督者である大沢部長の残業については、許しているんスよね？」

「私が口出しするようなことではないと判断しています。彼が好きでしていることです」

「勝手にすればいいと？」

「それは、失礼な言い方ではないですか」

「さーせん」

以蔵が詫びると、蟹本が頷いた。

「彼の生きがいを認めているんです」

大沢は再び目を閉じ、腕を組んでいた。

リコは訊いてみたくなった。

「大沢部長が残業する理由はなんですか？　なぜ連日のように徹夜する必要があるんですか？」

そこにいる皆が大沢に注目する。大沢はしばらく黙っていたが、目をつぶったままで言った。

「決まっている。よい作品を仕上げるためだ」

「会社の、自分の椅子に座っていなければならないのですか？」

べつにあの椅子に同情しているからではない。リコには理解できないのだ、大沢がずっと会社に居続けることが。

「クリエイティブは時間をかければ、かけるほどよくなる」

「構想を練るのは、なにも会社でなくてもいいのではないでしょうか」

そこでリコは、あることに思い至る。

「緊急事態宣言が発出されていた期間は、どうされていましたか？」

感染症対策として、昨年四月七～五月二十五日、今年一月八～三月二十一日、そして四月二十五～六月二十日の期間、東京都は緊急事態宣言下にあった。今は七月の初旬である。

「緊急事態宣言中、私は従業員に対してテレワークを推奨していました」

そう応えたのは蟹本だった。

リコは遠藤に視線を送る。

「遠藤さんは、自粛期間中は？」

「テレワークでした」

と彼が応えた。

「大沢部長は？」

リコの質問に、「いつもどおり出社していた」と大沢が返す。

「なぜ出社を？」

「編集機を使うためだ」

彼が言った。

「オーちゃんは、会社が好きなんだよ」

蟹本が茶化して笑っても、大沢は面白くもなんともないといった表情で目を閉じたままでいる。

「動画編集ソフトを使えば、自宅で編集できますよね」

そう言ったのは遠藤だった。

大沢が目を開ける。

「部長も、そろそろデジタルに切り替えたらいかがです？」

大沢が小さくふっと笑った。

「俺はアナログでつなぐほうがいい。そのほうが画《え》に味が出る」

遠藤はそれ以上なにも言わないでいる。

以蔵が、「社員の皆さんに、聞き取りしたいと思うんスけど」と蟹本にお伺いを立てた。

「どうぞどうぞ」

蟹本が気軽に応じる。

「では、僕もご一緒しましょう」

席を立った遠藤のあとについて、以蔵とリコも会議室を出た。

「せっかく立ち会っていただいたのに、なにも変わりませんでした」

遠藤が自嘲するような薄笑いを浮かべる。

リコは、自分の考えをふたりに言ってみた。

「大沢部長が会社に居続ける理由が、実はなにかあるような気がするんです」

「それは仕事以外にってことかー?」

リコは頷く。

遠藤が意味ありげな表情でこちらを見ていたので、「なにか心当たりがあるんですか?」と尋ねた。

しかし、「僕がお伝えするようなことではないので」と口を閉ざす。

「どういう意味です?」

遠藤が顔をそむけた。

以蔵が、それ以上よしておけというようにリコに向けて小さく首を振る。

廊下を挟んだ事務所のドアを開けると、入ってすぐの席にいる若い女性社員に声をかけた。昨日、大沢の席を教えてくれた赤い眼鏡フレームの女性である。

「一ヵ月の残業時間は四十時間程度になります。特にやるべきことがなくても、なんとなくだらだらと残って、心身ともに疲れてしまいます」

彼女が言った。そのあとで、不安げに遠藤の顔を見る。

「大丈夫。こちらのおふたりは労働局の指導官の方だから」

穏やかに遠藤が伝えた。

「あたしたち、職場の斬り込み隊なんです」

安心させるつもりで言ったのだが、逆に相手の不安をあおってしまったかもしれない。目が泳いでいた。

以蔵が「しょうがねーな」といった顔をリコに向けたあとで、「帰りにくいってゆーのは、やはり大沢部長が残業を続けているせいなんでしょーか？」と質問する。

「はい」と彼女が応えた。「それは、ただ部長に遠慮して帰れないっていうことではないんです。部長の作品が広報コンクールで賞を取ったり高い評価を得ているのは、仕事のやり方だと思います。制作に長い時間をかけている――それを目の当たりにしています。だからこそ、先に帰る自分に後ろめたさを覚えるんです」

そのあとも事務所にいる社員に話を聞いたが、誰からも似たような証言が返ってきた。

「僕らはみんな、部長を尊敬しています。でも、あの働き方はどうかと思うんです」ビルの出入り口まで見送ってくれた遠藤が、しみじみそう言って寄越す。「確かに時間をかければいいものができるかもしれません。しかし、毎日徹夜なんて身が持ちません。そういうやり方を、さあどうだと言わんばかりに実践してみせるのは、僕らにとってプレッシャーでしかないんです」

「〝俺が残っていることは気にせず退社時刻になったら帰るように〟とゆーのが、大沢部長の考えっスよね？」

「斬り込み隊のおふたりに来ていただいてすぐ、部長から全員に向けて直接そう通達がありました」

「それでも、皆さんは帰りにくいとー？」

遠藤が首を振る。

「僕は、部長に帰ってほしいんです、よ！」

彼が強い口調で訴えた。

先ほどリコは「大沢部長が会社に居続ける理由が、実はなにかあるような気がするんです」と伝え、心当たりがあるかと尋ねている。だが、遠藤は「僕がお伝えするようなことではないので」と口を閉ざした。

「大沢部長は、会社の近所にお住まいのようですが、ご家族は？」

と訊いてみる。

「部長は独身です。正確に言うと、十年以上前に離婚しているそうです」

「では、おひとり住まい？」

遠藤が頷いた。

「だとしたら、家に帰りたくない理由ってないような……」

リコの呟きに、遠藤は無反応だった。

すると今度は、以蔵が探りを入れる。

「蟹本社長が言ってたように〝会社が好き〟だとかー。あるいは、ひとりで家にいたくないとかー」

遠藤は黙ったままだ。

やはりそうなのだ、とリコは確信する。この辺に理由がありそうだ。

すると、以蔵が提案する。

「大沢部長が映像作品を制作した依頼先を幾つか当たってみたいんス。教えてもらえますか？」

きっと以蔵も、大沢には帰宅したくない理由があると思っているのだ。それを探ろうとしている。

「労働局の方が取引先を訪ねるというのも……」

と渋る遠藤を、「その辺はご心配なく。迷惑をかけるようなことはいっさいないんでー」と以蔵が説き伏せた。

2

カニモは、東京都の環境事業の広報映像の制作を受けていた。以蔵とともに、都庁の担当部署を訪ねる。

「ああ、カニモさんね。いいのつくってくれましたよ」

四十代の男性職員がカウンター越しに応対した。

「なにしろ、ディレクターの大沢さんが熱心でね。非常に丁寧な仕事をするな、あの人は」

それを聞いた以蔵が、「ああ、大沢部長ね。いい腕してるらしーっスね」と調子を合わせる。

「ところで労働局の方が調べてるなんて、カニモさん、なにかやらかしました？」

「あ、いえ、うちの部でも広報映像つくろうと思いまして。それで、評判を聞いてまわってるんス」

「それなら、ＤＶＤお貸ししますよ！」

そんな調子で一週間ほど、大沢が制作担当した映像作品の発注先を訪ね歩いた。どこも評判はすこぶるいい。こぞって貸してくれるＤＶＤを、分室のパソコンで片っ端から見たが確かに軒並み完成度が高かった。ＰＲ映像にもかかわらず、東映オールスターキャストによる忠臣蔵映画の大団円《だいだんえん》のような胸熱《ムネアツ》の感動ものもある。したがって、リピーターの発注先も多かった。そうしたところは、いずれも「大沢さんにお願いしたい」と指名している。

カニモに映像制作を依頼した金属加工会社を訪れた時のことだ。

「うちは順送りプレスが売りなんです」

と五十代の工場長がほほ笑んだ。

だが、不思議そうな顔をするしかないふたりに向けて、「一枚の金属材料を送り装置で次の工程へと順次送りながら、無人で複数の精密加工を行ってゆく。順送り金型プレスは、もっとも生産性のよい加工方法なんです」と補足説明する。

工場内を案内してくれながら、「ここです」と大型機械の前で立ち止まる。

ガシャンガシャンと上下動するプレス機械の中に、薄く長い金属材料が飲み込まれるように入っていく。

「機械一回転ごとに一ピッチ材料を送る——このリズムって聞いてて心地いいものでしょ？」

「はあ、まあ……」

困ったような顔をしている以蔵とリコを見て、「ははは」と工場長が笑い飛ばす。

「素人《しろうと》さんの反応っていったら、やっぱりそうだよね。ところが、あの大沢ちゃんは違ったね」

「〝大沢ちゃん〟っスか？」

以蔵に向けて彼が頷き返す。

「大沢ちゃんの言葉なんだよ、〝機械のリズムが心地いい〟ってね。口先だけのセールストークなんかじゃない。彼は心底から感じてるようだった。俺は一発で気に入ったね」満面に笑みが広がる。「この工場でつくられるのは、パソコンに搭載される精密電子部品だ。金属材料は、順送りされるごとに変形していく。製品をどのタイミングで曲げてるか、抜いてるか、絞ってるか、カットしてるか、それは企業秘密なんだよ。プロが見れば、すべて分かっちまうからね。大沢ちゃんはさ、その辺を塩梅《あんばい》しながら、うちの技術力を大いにアピールしてくれた」

リコは、これまで観てきた大沢作品の丹念な制作過程の一端を知る思いだった。

「お礼に、大沢ちゃんとこれ行ったんだよ」と、口の前で杯《さかずき》を傾ける仕草をする。

「俺も嫌いじゃないし、焼き鳥のうまい店に連れてったわけ。そしたらさ……」工場長が苦笑いした。「いや、彼は飲むねえ。ビールをどれくらい飲んだろう？　十本は飲んだんじゃないかな」

「十本ですか!?　中瓶《びん》で!?」

「いや、その店は近頃じゃ珍しく大瓶だったな」

「ええ！」

ふたり揃って声を上げてしまう。

「そのあとで、地酒の四合《しごう》瓶を五本。あ、もちろん、俺も飲んだよ。しかし、大半は大沢ちゃんが……。で、〝もう一軒行こう〟って彼がせがむから、知ってるスナックに行った。そこで、ウイスキーのボトルを一本」

以蔵もリコももはや声を失っていた。

「飲んだからって、大沢ちゃん変わらないんだよ。もともと愛想がいいほうじゃないし、ずっとあんな感じ。でも、まあ、少しはしゃべるようになるかなあ。たいていは仕事の話だけどね」そこでまた、苦く笑う。「結局、彼がつぶれるまで飲んで、タクシーに押し込んで帰したけどね」

その後も、大沢の酒をめぐる話はあちこちで耳にした。いわく、前乗りした現地のビジネスホテルで五〇〇ミリの缶ビール十本とマグナムボトルのワインを二本空けて、翌日の撮影に遅れてきた。いわく、撮影の打ち上げの飲み会で酔いつぶれ、送られて戻ったホテルのバスタブで湯を出したまま眠りこけ、階下の部屋を水浸しにした。

「あたし思うんですけど、大沢部長が会社で徹夜を続けるのは、家に帰るとお酒を飲み続けてしまうからじゃないかって」

分室に戻ると、リコは言った。

「つまり、仕事をするために会社に居残ってるんじゃなく、酒に手を出さないために会社に居残ってるって、そーゆーことか？　大沢部長は、アルコール依存症だと？」

以蔵の言葉に、リコは頷く。大沢部長に名刺を渡した時、彼の手は震えていた。

「おまえ、大沢部長が会社に居続ける理由について、仕事以外になにか心当たりがあるか？ って、遠藤さんに訊いたよなー。そしたら、〝僕がお伝えするようなことではないので〟って言ってたー。遠藤さんは自分の口から、大沢部長の酒の問題を知らせたくなかったんだな」

「もしも、大沢部長がアルコール依存症なら、しかるべき治療を受けないと」

小百合は、ふたりの話を黙って聞いていた。彼女の背後で、桜の木の青葉が梅雨の長雨に霞んでいる。

その時、机上の電話が鳴った。リコは受話器を取る。

「カニモの大沢だ」

「大沢部長！」

意外な人物からの電話に、小百合と以蔵がこちらに顔を向ける。

「あの、あたし、貴社に伺っている間宮です」

慌ててそう名乗った。

「俺のことを、あちこち訊いて回ってるそうじゃないか」

「えっと……それは……」

リコはしどろもどろになる。

「今、病院にいる。入院中なんだ」

「では——」

「おいおい、誤解するな。あんたたちが想像しているようなことじゃない。アルコールの件なら、俺はコントロールできている。まあ、たまに羽目《はめ》を外すこともあるがな」

大沢が低く笑った。

「会社の定期検診を受けたんだが、心拍数が正常値の半分しかないと言われた。こっちは痛くも痒《かゆ》くもないんだが、そのまま救急車で搬送されたよ。検査したところ、ステージ4の肺がんだとさ」

「なんですって⁉」

「手術や放射線照射を行わず、抗がん剤治療を受けることになった。だから当分、徹夜はしない。それを伝えたかったんだ」

「当分って、大沢部長……」

「入院しての抗がん剤治療は、月一回を四クール行う。その後は、また徹夜を復活するかもしれないがな」

電話の向こうで再びかすかに笑うと、電話を切った。

そうして梅雨明け前の東京に、四度目の緊急事態宣言が発出された。

3

二ヵ月余り続いた緊急事態宣言が解除された。もちろん期間中も、コキン部分室には
さまざまな事案が持ち込まれ、対処に追われていた。

そして十月初旬の朝、カニモの遠藤が分室を訪ねてきた。

「部長は病院に通いながら、相変わらず徹夜で仕事をしています」

と、立ったまま彼が言う。

相対したリコは、大沢からの電話を受けて以来、考えていたことを伝えた。

「遠藤さんは、実は大沢部長が徹夜することで帰宅しにくかったわけではないんですよね？　もちろん、これが俺流だとでもいうような大沢部長の働き方にプレッシャーを感じていたわけでもなかった。遠藤さんは、大沢部長が会社で徹夜することでお酒を我慢するのではなく、きちんとアルコール依存症の治療を受けてほしかったんです。でも大

沢部長の名誉を守るうえで、それを口にできずにいた」

「おっしゃるとおりです」遠藤がうなだれる。「でも、抗がん剤治療中で、アルコールを口にできない今も、部長は徹夜で仕事をしています。つまり僕は、見込み違いをしていたんです」

「大沢部長は電話で、抗がん剤治療を終えてから〝また徹夜を復活するかもしれないがな〟と言っていました。でも、治療中も働き方を変えていないんですね」

「さすがに体調が悪い時には休んだり、早退することもありますが」

まさに身体を張って仕事に打ち込んでいるんだ。

遠藤が顔を上げると、「今日伺ったのは、改めてご相談したいことがあったからです」と言う。

出入り口の脇にある応接ソファに遠藤に掛けてもらい、ローテーブルに設置した感染対策パネル越しに小百合が向かいに腰を下ろした。以蔵とリコは傍らに立つ。

「帰宅する際に、一階の社長室に必ず顔を出すこと、という社内ルールが新たにできたんです。社長に、〝お先に失礼します〟と挨拶してから帰るようにと」

リコの隣にいる以蔵が、「その規則を実施するにあたり、蟹本社長からなにか説明はあったんスか？」と遠藤に質問する。

「コミュニケーション能力を高めるため、というのがその理由です」

「なるほどコミュ力《りょく》か。確かに重要な能力ではあるねえ」

そう納得している小百合に向かってリコは、「でも、帰りにいちいち社長室に顔を出すことで高められる能力だとは思えませんけど！」と反発する。

小百合はにやにやしていた。それを目にし「いけね」とリコは思い直す。あたしが熱くならなくても、サユリさんにはもうなにかが見えてるんだ。ここは任せておけばいいと、そうでござるな。

さらに以蔵が、「緊急事態宣言下では、貴社はテレワークになるんスよね？」と遠藤に確認する。

「ええ。しかし……」

その証言を聞いた小百合が、ソファから立ち上がった。

「アータたち、出陣だよ」

あらら、任せたらそうなるのね！

地下鉄の荻窪駅から地上に出ると、秋雨は勢いを増していた。以蔵が、ステッキのように細く巻いていたコウモリ傘を開く。小百合がさしているのは、フリルの付いたボルドーのドーム型アンブレラだ。先頭を歩いているビニール傘の遠藤を見つめながら、カニモに来る時にはいつも雨が降っているなとリコは思っている。

二階事務所の中央に三人が立つと、壁に向かって座っていた従業員らが振り返った。そして、〔コキン部〕と白抜きされた緑色のマスクを目にし、ぎょっとしていた。

「何事だね!?」

蟹本がいらついたように、せかせかとした足取りで現れた。遠藤に、社長を二階に連れてくるよう小百合が指示したのだ。

「雇用環境・均等部千鳥ヶ淵分室室長の漆原です」まずは彼女が名乗ってから、「今日は社員の皆さんの前で、ぜひとも明らかにしたいことがあります」そう伝えた。

それを聞いた社員一同が、厳かな表情でいっせいに立ち上がる。

「ここにいる皆さんを、終業時間が過ぎても帰りづらくさせていたのは大沢部長じゃない。蟹本社長、アータさ」

「退社する際に、社長室に顔を出すことについて言っているのかな？　だがね、それはあらかじめ全員に説明したとおり、コミュニケーション能力を高めるためだよ」

蟹本の言い分に対し、小百合が首を振る。

「いや、以前からさ」

「どういう意味かね？」

「アタシャね、アータの良心に訴えるつもりはない。ただ、事実だけを突きつけるつもりだ」

表情を変えない蟹本に向けて、なおも言う。

「蟹本社長、大沢部長、遠藤さんの三者会談に、うちのジョウガサキと間宮が同席したね。彼らから、詳しい報告を受けてる」

リコの隣で、以蔵のマスクの下の口がもごもごと動いていた。きっと「ジョウガザキと濁ります」と声に出さずに訴えているのだ。

「働き方改革を説く間宮に対してアータは、〝ワーク・ライフ・バランスっていうがね、仕事が生きがいだっていう人間もいるわけだよ。きみは、オーちゃんから生きがいを奪おうっていうのか？〟と反論した。そして、〝オーちゃんに自由に働かせたらいい〟と、大沢部長の徹夜残業を後押しした。それはすなわち、大沢部長に毎晩残業させることで、社員を帰りづらくさせるためだよ。いわば大沢部長に、社員を帰らせないための重石《おもし》であり続けさせようとしたんだ」

蟹本が不敵な笑みを浮かべる。

「漆原室長、あんたはさっき〝事実だけを突きつける〟なんて偉そうに謳《うた》っておきながら、いきなり想像でものを言ってるじゃないか。私の発言は事実かもしれない。だが私は、オーちゃんを社員を帰らせないための重石にしたつもりはないぞ」

「だが、アータは事実として大沢部長を利用していたのさ。そして彼が毎日徹夜ができなくなると、社員が帰宅する際には社長室に顔を出すことというルールを設け、帰りづらくさせた」

蟹本は平然としていた。

なおも小百合が告げる。

「なら、こんな事実はどうだい。七月十二〜九月三十日に東京都に適用された四回目の緊急事態宣言下、カニモでは社員のテレワークを奨励した」

蟹本が頷き、「社員の安全のためにね」と言う。

するとと小百合は、「違うね」と異を唱えた。

「なんだと!?」

蟹本が太い眉をつり上げる。

「アータはこれまで、社員のテレワークを渋々許してきたのさ。なぜか？　それは、東京都から広報映像制作を受託しているからだよ。東京都では、感染拡大防止の一環でテレワーク推進を呼びかけている。緊急事態宣言が発出されたとなれば、なおさらだ。アータは、得意先である東京都の顔色を窺い、せめて緊急事態宣言下においてだけは社員をテレワークさせることでお達しに従おうとしたのさ」

蟹本が苦渋の表情を浮かべていた。

「しかし度重なる緊急事態宣言で、アータは新たな方策を取ることにした。四回目の緊急事態宣言下のテレワークについては、全社員をカメラで監視することにしたんだ」

今朝、遠藤から聞いたその事実が、小百合に出陣を決意させたのである。

「就業しているかをカメラで確認することが、いかんのかね？　社員には、あらかじめそれを伝えてあるぞ」

表情は苦しげだが、努めて声だけは平静さを保とうとしながら蟹本が返した。

「そう、勤務時間中はパソコンの前にいること、とね。アータ、いったい何時〜何時まで監視すると伝えたんだい？」

「朝の九時半〜夜の九時までだ」

小百合が呆れた顔になる。

「はん、貴社の勤務時間は、九時半〜六時半のはずだろ？」

「十二時〜一時の昼休みは別だが、残業時間は見守る必要がある」

一転、小百合の表情が厳しさを増した。

「見守ってたんじゃない。見張ってたのさ。〝朝の九時半〜夜の九時まで監視している〟社長のアータにそう言われれば、社員はその時間帯はパソコンの前にいなければならないと思ってしまう。たとえ定時でパソコンの前を離れたとしても、罪悪感が残る。すっきりとは、席を離れられない。——これを事実でなく、アタシの想像だと言い張るのかい、アータは？」

蟹本は黙っていた。

「アータの考え方では、カニモの勤務時間は九時半〜六時半ではない。みなし残業も含む九時半〜九時までだ。しかも、残業分としているのは夜の七時〜九時までの二時間だけ。社員にしてみれば休憩時間とされている六時半〜七時だって、アータに見張られてたら休むことなんてできない。毎日この三十分はサービス残業させられていることになる」

蟹本が苦々しげに言葉をもらす。

「うちみたいな小さな映像制作会社の台所事情を知っているかね？　残業代を支払うことなんてできんのだよ」

「だったら、正直にそう伝えなさいな。みなし残業だの、三十分のサービス残業だの、なにもかもが基本給を抑えるためのしみったれたトリックじゃないか。うちはこれだけの月給しか払えない、だから残業しないで勤務時間内に仕事を終えるようにって言えばいい」

「あんた、ほんとに分かってるのか？　映像制作って仕事について、分かってそう言ってるのか⁉」

蟹本が小百合を睨み返す。

「今はビデオカメラが安価に手に入る時代だ。パソコンで編集もできる。誰もが映像制作できるんだ。競合業者だっている。プロの技術を見せつけるには、定時に帰る仕事なんてしてたら駄目だ。うちのオーちゃんを見てみろよ。長い時間をかけ、丹念な作品づくりをしてるからこそ、人の心を動かすものが出来上がるんだ」

「社長、それは違う」

　声がすると、ビデオテープがぎっしりと並ぶラックの列の裏から大沢が現れた。黒いニットの帽子を被っている。

「つくるやり方はそれぞれだ。俺は、ひたすら机に張り付いて考え続けるのが性に合ってる。しかし、そうでない者もいる。だからみんなには、俺のことは気にするなと言ったんだ」

　そして彼が、以蔵とリコのほうを見る。

「あんたたちにも言ったよな。〝誰が帰ったとか、誰が残ってるとか、そんなことは気にする必要なんてない。自分の仕事をしてりゃあいいんだ〟ってな。そのために、各自が独立した形で仕事ができるように事務所のレイアウトを決めたと」

「確かにー」

　と以蔵が応える。

　大沢が、再び蟹本を見やる。

「帰宅する前に社長室に顔を出せ、なんぞというルールは撤廃したほうがいい。そんなふうにして会社につなぎ止めなくても、みんな二十四時間ずっと仕事のことが頭から離れないはずだ。映像屋っていうのは、そうしたもの。社長、あんたが現場に立っていた時そうだったようにな」

取り囲むように立っている制作部の社員たちが、無言で頷き合っていた。

小百合が蟹本に尋ねる。

「テレワーク中は、休日に仕事をしても代休を取らせないそうだね？〝二十四時間ずっと仕事のことが頭から離れない〟社員にしてみれば、ふっと発想が浮かべば、休日でも仕事に取り掛かることもあるはずだね。そんな制作スタイルの自由さを奪い、しゃくし定規に勤務時間に押し込めようとするのが、〝プロの技術を見せつけ〟たり、〝人の心を動かす〟のにつながるかね？なによりアータに必要なのは、社員を信じるってことなんじゃないのかい」

蟹本が、力なく首を前に垂れた。

社員全員が、遠巻きに彼を眺めている。

「部長」

リコの隣にいる遠藤が、そっと声をかけた。

大沢が静かに目を向ける。

「ひとつ謝らなければと」

「なんだ？」

「僕、誤解してて……」

「そんなことか」大沢がふっとほほ笑んだ。「アルコールについてなら、俺はコントロールできる」彼が今度は、リコを見やる。「あんたにも、電話でそう言ったように。抗がん剤治療で肝臓に負担がかかるんで、今はもっぱらノンアルだがな。あと一回の投与が終われば、ビールも復活する。まあ、手足にしびれは残ってるが」

「しびれですか？」

心配そうな表情のリコに、大沢が冗談めかして言う。

「正座して、ありがたいお経を聴いている時のようなしびれだ」それから、自分の頭のニット帽を指す。「ヘアスタイルも台無しだ。すっかり抜け落ちた」

大沢がゆっくりと蟹本に視線を戻した。

「抗がん剤のおかげで、腫瘍《しゅよう》が小さくなっているようです」

しょぼくれていた蟹本の顔が、ぱっと明るくなる。

「それはよかった」

「進行も止まっているようなので、今後は免疫薬のみを三週に一度投与して経過観察します。また休みをもらうことがあると思いますが」

「いいさ、いいさ。身体のことが一番なんだからな」

そこでリコは訊いてみる。

「大沢部長、なぜラックの向こうに？」

彼の目もとに大きな笑みが広がった。

「身を隠してたんだよ、アナログ編集機と一緒に席を移した。俺が残業してると、みんなが帰りづらいと思ってな。だが、もうその必要はないだろう。あんたたちのおかげだ」

大沢が、リコの背後にいる小百合と以蔵を見やる。ふたりも話に耳を傾けていた。

リコがさらに、「まだ残業してるんですね。時には徹夜もされてるって」と言うと、彼が頷く。

「なるべく長く働きたいと思ってるよ。好きなんだ、仕事が」

カニモをあとにし、三人で雑居ビルの外に出る。雨は上がっていた。

「ご覧」

小百合が空を仰ぐ。

「虹か〜」

以蔵がのんびりと言った。

大きな虹で、空の全部が七色になっていた。仕事って時間で括られるものでも、押しつけられるものでもない。仕事って意志なんだ。リコの中で、考えが弧を描いて旋回する。ハローワークであたしは、仕事を紹介した人が職場で安心して働けているのかが気になっていた。コキン部分室への異動は、そのためだったんだ。

飽かず虹を見上げていたリコが、ふと目をやったらふたりの姿がない。

「れ？　れれれ……」

リコは、慌てて小百合と以蔵のあとを追いかけた。

第四章　喫煙問題

1

「募集型企画旅行というのは、いわゆるパッケージツアーです。社員旅行は、受注型企画旅行に分類されます。行き先がぼんやりとしか決まっていなくて、〝そうだなあ、伊《い》豆《ず》あたりかなあ〟というお客さまに、〝じゃ、西伊豆なんてどうです？〟と具体案を提示します。〝西伊豆のどこよ？〟と乗ってきたら、〝堂《どう》ケ《が》島《しま》なんていかがでしょう？　遊覧船で洞窟《どうくつ》巡りをして、そのあと加山雄三《かやまゆうぞう》ミュージアムに行きましょうか〟とコースをつくっていきます。宿泊先についても、〝ホテルの宴会は舟盛り付きがいいですか？〟とご予算を聞いてプランを立てるわけです」

キノシタ観光の社長、木下《きのした》がこちらを見つめてきた。額が広く顎のない顔にマスクを着けている。髪を短く刈った後頭部はほぼ垂直の絶壁で、顔の前面は頭頂部から顎のない下方に向かって湾曲しているため、横から見ると分度器《ぶんどき》のようだった。

もちろん以蔵とリコは、職場旅行の相談にやってきたのではない。

「弓削産業《ゆげさんぎょう》さんの社員旅行については、どんな要望があったんスかね？」

と以蔵が尋ねる。

すると、六十代前半の分度器顔の木下が、かすかに笑う。

「弓削産業さまのご希望は、喫煙についてのみです」

「タバコっスか？」

「ええ」

木下が厳かに頷く。

「ジョウガサキさんは、おタバコは？」

「ジョウガザキと濁ります」

「失礼しました。商売柄、観光地の城ケ崎海岸《じょうがさきかいがん》が頭にあって」

恐縮している木下に向かって以蔵が、「自分、タバコは喫《す》いません」と応えた。

続いて木下がリコを見る。

「あ、あたしも」

リコは胸の前で小さく手を振った。

「わたくしも喫いません」と木下が返す。「言うまでもなく、日本の喫煙率は低下しています。そうした中、弓削産業さまの社内喫煙率はとても高いのです。なにしろ全社員五十名中、三十八名の方が愛煙家でいらっしゃいます」

それを聞いて以蔵が慌てる。

「ちょ、待《ま》……喫煙者が五十名のうち三十八名って、それ多すぎません？」

横でリコも思わず、「今時珍しくないですか、そんな職場？」と呟いていた。

木下が「まさに」といった感じで頷く。

「社員旅行の幹事さまのご要望は、〝とにかくタバコが喫えないのが嫌なのだ〟と」

「行き先はどこでもいいから、タバコを喫える体制を整えろってことっスか？」

「まあ、極端にいえばそうなります」

以蔵とリコは、思わず顔を見交わしてしまう。

「弊社といたしましても、その要望を第一に考えて、新幹線のお席も喫煙ルームのお近くにご用意いたします」

「バスの場合は、二台貸し切るそうっスね」

「はい。定員四十五人の大型バス二台です。四十五人というのは正座席の定員で、補助席は含みません」

「一台を喫煙車に、もう一台を禁煙車にするとか？」

「おっしゃるとおりでございます。一号車が愛煙家の社員さま用で、三十八名さまが乗り込みます。二号車が禁煙車で、十二名さま。一号車はほぼ満席ですが、二号車はゆとりがございますね」

「ってゆーか、二号車はがらがらっスよね」

「そうなります」

リコは、二台のバスの車中を想像してみる。なんとも珍妙な風景だった。

「弓削産業さまの社員旅行は毎年十一月の半ば。今年も、一ヵ月後に予定されております。今年もそうですが、昨年の今頃もコロナの新規陽性者数が落ち着きをみせておりまして、社員旅行を実施しました。十月からは東京もGoToトラベルキャンペーンの対象となり、弊社もにわかに忙しくなりました。社員がこぞって添乗に出たため、わたくしも弓削産業さまの社員旅行にお供いたしました」

そこでリコは、「あのう」と訊いてみる。「一号車では、やはり社員の皆さんが車中でタバコを喫うわけですよね？」

「はい、そのようですね」

木下の言葉を受け、リコはさらに質問する。

「〝そのよう〟というのは、木下社長は一号車の様子をご存じないということですか？」

「わたくしは二号車に添乗しておりました。一号車には、弊社で唯一の喫煙者である多《た》田《だ》に添乗してもらったのです」

「なるほど、やはりそーゆーことなんスね」

木下が、以蔵の顔を不思議そうに見る。

「いえね、自分たちがキノシタ観光さんに伺ったのは、その多田さんから相談が寄せられたからなんス」

多田とは、リコもコキン部分室で顔を合わせていた。三十歳くらいの、実直そうな男性だった。

「うちの多田が、どのような相談を？」

木下の顔が、さらに不思議そうなものになる。

「多田さんはタバコを喫うため、弓削産業さんの喫煙車の添乗を担当しているー。ところがその多田さん、禁煙されたそうなんス」

「え、本当ですか⁉」

以蔵が頷いて応えた。

「もうすでに禁煙して半年になるそーです」

「いや、気がつかなかったなあ。社内は全面禁煙なものですから」

「多田さん、ご結婚されたんスよね？」

「三ヵ月前になりますか、当人からそういう報告は受けています。コロナのご時世で、披露宴のようなものは行わないそうです。会社からは、結婚祝い金を支給させてもらいましたが」

「多田さんの奥さん、嫌煙家だそーで」

「ほう」

「多田さんの禁煙が、結婚の条件だったそうっスよ。禁煙して三ヵ月経って、婚姻届けを提出。以後、多田さんの禁煙は続行中とか」

「それは多田君、大したものですな」

木下が笑顔を覗かせる。

「愛は強しってとこっスかね」

と以蔵が似合わぬ発言をする。

「いや、まさに。愛こそ、禁煙の特効薬です」

そう話を合わせる木下に向かって、「ところで」と以蔵が本題に入る。

「多田さんの相談とゆーのが、一ヵ月後に予定されてる弓削産業さんの喫煙車の添乗から外してほしいということなんス。多田さん、禁煙してからとゆーもの、タバコの煙を苦痛に感じるようになったみたいでー」

「ああ、無理もないですな」と木下がひどく納得していた。「弓削産業さまの一号車は、三十八名さままで引っ切りなしにおタバコを召されるようです。わたくしも、お手洗い休憩で立ち寄ったパーキングエリアで一号車を覗き、びっくりしました。数名の方がバスに残りおタバコを愉しんでおられましたが、車内は煙で靄《もや》がかかったように真っ白。痛くて目をあけていられません。喉はいがらっぽくなるし……。あれは、タバコを喫っていた多田君でもきつかったでしょう。それなのに、わたくしは彼が愛煙家ということに甘え、任せてしまっていた」

先ほどリコが想像したほぼ満員のバス車内と、がらがらの車内。その満員のほうの車内が、白い煙で覆われる。タバコはマスクをしていては喫えない。それを密な車内で引っ切りなしって、コロナのご時世でかい⁉

木下が力なく肩を落とし、首を横に振った。

「多田君も水臭い。直接わたくしに言ってくれさえすれば、対処いたしましたのに……」

「いや、多田さんとしては、どうしても口にできなかったんだと思いますー。コロナの影響で、旅行業界全体が痛手を受けてますー。会社の苦しー現状を目の当たりにして、お得意先のバスに乗りたくないなんて言えなかったんだと」

苦渋の表情で木下がうなだれた。

「分かりました。彼を喫煙車の添乗から外します」

リコは訊いてみたくなった。

「先ほど、キノシタ観光さんで多田さんは唯一の喫煙者だったと。どうされるおつもりですか？　まさか、弓削産業さんの社員旅行を断るとか――」

「わたくしが喫煙車の添乗をします。コロナ禍で、昨年に引き続き日帰り旅行になりますが、それでも毎年ご贔屓いただいている弓削産業さんの依頼を断ることなどできません」

木下が寂しげな笑みを浮かべた。

「そうでなくても、仕事を選《え》り好みできる立場にはないのです。感染が広がれば、またキャンセルが続出します」

リコは黙ってしまう。

「なんとか前向きに考えたいのですが、問い合わせが多少ともある今でも、電話でこんなことを平気で言われます。〝ほかの旅行会社では、前日でもキャンセル料金がかからないって言ってる。お宅はダメなの？〟――もはや脅しに近いです。こうしたご無理を言われる中で、悲惨な事故が発生するのです」

以蔵もリコもなにも言えなかった。

「失礼しました。おふたりは職場の雇用問題がご専門でしたな。わたくしの愚痴を聞かせられても、困ってしまいますよね」

いったん黙り込んだ木下が、再び口を開く。

「では、こんな情報はいかがでしょう。弓削産業さまの社員旅行の幹事さまご自身は、おタバコを召し上がりません。そして、こんなことをおっしゃっていました。タバコを喫わないために、自分は出世から見放されているのだと」

「タバコねえ」

と、お誕生日席の小百合が呟く。今は十月半ば、彼女の背後で千鳥ヶ淵の桜は紅葉にはまだ早い。

「アタシも学生の頃には、いたずら半分に喫ったりもしたかな。タバコ喫ってると、アンニュイでイイ女っぽい時代があったんだよ」

リコは信じられない思いである。時代劇で煙管《きせる》喫ってる女性っていったら、花魁《おいらん》か。まあ、艶っぽいといえば艶っぽいか……。

「夫は喫わないけど、父親は喫ってたな」と小百合が遠くを見るような目になる。「アタシを小百合と名付けてくれた父――アタシャ、お父さん子でね。小学校の長期休みには、出勤する父を駅まで見送ったものよ。父は鞄を持たず、新聞だけを背広の小脇に挟んでた。アタシんちは、東京郊外にあった。駅までは歩いて五、六分。途中、父は自動販売機でセブンスターを買ってね、歩きながらセロハンの封をあけて捨てる。次に銀紙をむしって捨てる。人差し指の横で、箱をとんとん叩いて一本出てくると口を近づけてくわえる。今度は内ポケットからマッチを出して火をつける。あ、父はライターでなく、マッチを愛用してた。燐《りん》で味が違うんだってさ。マッチ棒を振って火を消したら、それも路上へ」

「ちょっと、それってありなんスか？」

横から以蔵が言う。

小百合は、かまわず話を続けた。

「そのあとも、歩きながらタバコの灰を落とし、吸い殻をポイ捨てする。最寄り駅は私鉄の小さな駅でね、アタシャ改札の外に立って父を見ていた。父は、通勤客の列に並んで電車を待ってる。その間に、もう一本タバコに火をつける。ほかにもタバコを喫ってるお客が何人もいた。電車が入ってくると、みんな吸い殻を線路に投げ捨てて乗るの。だから、線路は吸い殻でいっぱい」

「マジっスか!?」

以蔵が呆れていた。リコも啞然《あぜん》としてしまう。

「それが、朝の通勤風景。かつてはそんなだった。刑事ドラマの刑事たちも、同じように歩きタバコして、吸い殻を路上に捨ててた」

「昭和っスね」

「時代の移ろいの中で、さまざまなことが変わっていく。職場もそう。一方で、会社の因習や慣習って根強く受け継がれてたりする。その中には、よくないものもある。億劫《おっくう》だったり、いざ覆《くつがえ》そうとすると無言の圧力で跳ね返されたりして続いてるんだろうね」

「タバコを喫う、喫わないが、出世に影響するみたいな、ですか？」

リコが言ったら、「まずは調べることだよ」と小百合が告げた。

2

株式会社弓削産業のオフィスは、代々木公園を見下ろすオフィスビルの十階にあった。

「立派な社長室っスね」

以蔵が広々とした社長室を見渡す。部屋の中央に執務机がひとつ、その前に重厚な革張りの応接セットが置かれている。だがそれだけで、社長ひとりが使う部屋としてはあまりに広すぎて、どこか滑稽《こっけい》ですらあった。そう感じたのはリコだけでなく、以蔵も同じなのではないだろうか。彼の「立派な社長室」の口振りに、揶揄《やゆ》するところは込められていなかったけれど。

一方、「そうかね」と軽い調子で口では謙遜してみせる弓削は得意満面であった。四十代半ばといったところだろうか。髪をオールバックに撫《な》でつけている。黒い縁の太い眼鏡を掛け、シルクのように光沢のあるマスクを着けていた。グレーのスーツも光沢のある生地で、銀色に見える。白いシャツも糊がきいて光っているみたいだった。ぴんととがった襟の間で、真っ赤なシルクのネクタイを結んでいる。肩幅が広く、座っていても体格がいいのが分かる。彼が執務机に着いたまま、ふたりに応接ソファに掛けるよう勧めた。執務机にも、応接セットのローテーブルにも、クリスタルの大きくてごつい灰皿が置かれている。

「我が社の業務内容を説明しよう」弓削が机の上で、灰皿と同じくごつい手を組んだ。

「工事現場で地面に鉄板が敷かれているのを見かけるだろう。あれを敷鉄板《しきてっぱん》という。敷鉄板は、日本では普通の風景だが、欧米ではポリエチレンの敷板が主力なんだ。軍事演習でも砂地や湿地にポリエチレン板を敷いて、その上を戦車が走るっていうから、かなり丈夫だ。それに軽い。もちろん頑丈であるだけならば、鉄板のほうが上ということになるだろう。だが、圧倒的に重い。鉄板は重機を使って敷設《ふせつ》しなければならず、撤去にも運送にも莫大なカネがかかる。扱いやすくて丈夫なポリエチレン製の敷板——ユゲボードを製造販売してるのがうちなんだ。それだけじゃないぞ、なにより環境に配慮してるところが、ユゲボードの優れた点だ」

そこまで話すと、「一服いいかね？」と訊いてくる。

出た、いきなりタバコだ！　とリコは思う。しかし、この部屋の主は弓削だ。嫌だとも言えない。

「どーぞ」

と以蔵が応える。

弓削が、リコの知らない銘柄のタバコのパッケージを内ポケットから出した。外国製のタバコかもしれない。日本のタバコも知らないけど。

彼が顎までマスクをずらすと、厚い唇に一本くわえ、金色の薄手のライターで火をつけた。

「我が社は、もともと非鉄金属・プラスチックのリサイクル会社だった。なにしろ〝ゴミを出すな〟っていうのが先代の教えでね」

先代というのは弓削の父で、弓削産業の創業者だ。通信ケーブルや電線は銅と絶縁被《ひ》覆《ふく》部分から成る。銅の部分を委託先の業者に返納し、絶縁被覆部分のポリエチレンと塩化ビニールを回収する。塩ビは売り、ポリエチレンで成形加工原料としての粒《ペレット》をつくって販売する。これが、弓削産業の主業務である。

「確かに無駄なくリサイクルして、ゴミを出してないだろ？　ところが、この再生ペレットというのが赤字部門でな。先代が病気で急逝し、三十九歳で会社を引き継いだ俺は、再生ペレットで利益を出せるようにしたいと考えた。そこで思いついたのが、敷板をつくることさ」

生まれた敷板は、工事現場に浸透するまでに時間がかかった。現場では、鉄板が主力である。

「昭和の高度成長期時代、ブルドーザーやダンプカーが鉄板を踏んで勇ましく闊歩した大昔の幻想が、いまだに支配していたのかもな。俺は辛抱《しんぼう》強く営業を続け、そんな古代神話を打ち砕くべく資材調達の担当者を説得して回った。そして実例ができると、今度は営業部隊を投入した。その結果、ユゲボードは工事現場に徐々に浸透していった」

弓削が満足げに紫煙をくゆらせている。

「ユゲボードに着手して六年。弓削産業創業の地である八王子《はちおうじ》の工場とは別に、このビルに営業拠点を設け、本社機能も移したというわけだ。廊下の反対側に第一と第二営業部、総務経理部がある」

なるほど二代目社長の弓削が、会社を見事に大きくしたというわけか。それにしても見るからに成り上がり趣味じゃないか。

弓削がふと思い出したように、「ところで、あんたらの用件はなんだ？」と訊いてきた。

「ある関係筋から、こちらではタバコを喫わない社員が出世から見放されているって情報提供があったんス」

それを聞いた途端、弓削の眉が釣り上がった。

「なんだって!?　どういう言いがかりだ!?　そんなガセネタをあんたらにつかませたのは、どこのどいつだ!?」

そうまくし立てて、タバコを灰皿でもみ消す。

「〝関係筋〟ってことは外部だな？　どういう取引先だ？」

「それはちょっと」

と以蔵が言葉を濁す。

「ははあ、商売敵《がたき》がうちを攪乱《かくらん》させようとしてるんだな？」

以蔵は黙っていた。

「タバコを喫う喫わないを、俺は社員の昇進の判断基準にしたりせんぞ！　バカバカしい！」

「社員さんに話を聞いても構わないっスか？」

「ああ、好きにしろ！　こっちにはなにも後ろ暗いところはないんだからな！」

「弓削社長、むきになってましたね」

社長室を出ると、リコは言った。ビルの十階ワンフロアが、弓削産業のオフィスである。廊下を挟んで重厚な木製の観音開きの扉が社長室だ。

以蔵がリコに向けて頷く。

「それに、〝俺は社員の昇進の判断基準にしたりせんぞ〟と発言した―。つまり、社員の昇進を決めてるのは弓削社長ってことだ―」

「見るからにワンマンって感じですもんね」

ふたりは、廊下を隔てたドアに向かう。社長室が廊下の中央に扉がひとつだけあるのに対して、一般社員が使う事務室側には三つのドアがある。以蔵とリコが開いたのは、一番右側のドアだった。

中は広いワンルームである。ドアが三つあるのは、第一営業部、第二営業部、総務経理部の三つのセクションに入りやすくするためのようだ。各部の間は、キャビネットやロッカーで仕切られている。社員四十九人で使っているこの事務所と同じ広さを、社長ひとりが独占しているわけだ。

「第一営業部次長の浜畑《はまはた》です」

そう名乗ったのは、弓削と同じく四十代半ばの男性だった。ドア近くの社員に、第一営業部の責任者を尋ねると、正面奥でただひとりこちらを向いて座っている男性を教えられたのだ。

名刺交換すると、三人は次長席の隣にある打ち合わせテーブルに腰を下ろした。社長室の窓からの眺望が、代々木公園と明治神宮につながる広大な森という絶景なのに対し、事務室側は市街地である。

浜畑はいかにも生真面目そうだった。髪をかっちりとした七・三に分け、四角いメタルフレームの眼鏡を掛けている。眼鏡のつるがこめかみに食い込んでいた。紺のスーツを着ている。

「喫煙しないことが出世に影響ですか——」

訪問の主旨を以蔵が伝えたところ、彼がそう返した。実はキノシタ観光の木下が言っていた社員旅行の幹事というのが、まさにこの浜畑なのだ。

「浜畑次長は、タバコは？」

と、彼が非喫煙者であるのを知っていながら以蔵が訊く。

「いいえ」

と浜畑が応えた。

なおも以蔵が尋ねる。

「タバコを喫わないことが、出世の妨げになっていると感じますかー？」

木下からは、タバコを喫わない浜畑が部長になれず次長のままなのだと聞かされていた。

「さあ、どうでしょう？　確かに私は、部長にはなれていませんよね。しかし、それがタバコを喫わないせいなのかというと、よく分かりません」

　小さくほほ笑む。なにか諦めたような笑顔だった。木下の言っていたことは本当なのかもしれない。そんなリコの想像を、だが浜畑は自ら打ち消した。

「しかし私が部長になれないのは、ほかに理由があるのかもしれませんよ。たとえば、私が製造部門の出身者であることとか」

「浜畑次長は、ずっと営業職に就いていたわけじゃなかったとー？」

　彼が頷く。

「ユゲボードの需要が高まり量産するようになると、板が割れるトラブルが発生したんです。品質の悪い原料を用いれば、割れます。幾つかの苦情に、製造部にいた私が対応しました。割れる原因というのは、つくり方が悪いのか、客先の使い方が悪かったのか、壊れた断面を分析すれば分かります。それは、私が開発した際の断面とはまるで違っていた」

「ちょっと待ってください」と思わずリコは発言した。「ユゲボードを開発したのは、浜畑次長なのですか⁉」

「実は、社長と私は工業高校の同級生なのです。家業に就職するという社長に、〝好きにモノづくりをさせてやる〟と誘われ、一緒に入社しました。もっとも、入社してからずっと、通信ケーブルや電線のリサイクル作業を行っていたわけで……。ですから、〝再生ペレットで敷板をつくろう〟という社長のアイディアには飛びつきましたし、開発にも熱が入りました。社長は見切り発車でもいいから、ユゲボードを早く市場に出したい考えでした。私は、きちんと生産体制を整えてからと主張したのですが……。それで、欠陥品が出たのです」

浜畑は、さらなる品質向上をはかるべく設備投資を行うよう弓削に進言したそうだ。

「軽量のため、人間の手で敷設できるのがユゲボードです。雨に濡れてもすべりにくく、安全に作業が行えます。そうしてなによりここを強調したいのですけど、ユゲボードは再生材料からつくられたものだということ。つまり環境に配慮している点なんです。それに再生ポリエチレンとはいえ、バージン材からのものと比較しても強度は同等です。二〇トントラックが載って走るのも可能なんです」

そう力説する浜畑に、ユゲボードに対する愛着をリコは感じる。

「私は工場の製造部に残って、ユゲボードのアップデートにかかわっていたかった。しかし、社長の命令で営業部に異動したんです」

一方でこの人は、弓削にいいように扱われているようにも思うのだ。

「営業部へ移ることを私が渋々受けたのを、社長は快《こころよ》く思っていないのでしょう。もちろん畑違いの営業職であっても、努力は惜しみませんでした。新規の取引先も開拓したんですよ。地方のテーマパークでは、繁忙期に田んぼの上に敷板を置いて来場者の臨時駐車場にするんです。少しでも田んぼに負担がかからないよう、重い鉄板ではなくユゲボードをお勧めしました」

「へー、そんなところにも需要があるんスねー」と以蔵が感服したあとで、「第一営業部は、浜畑次長が責任者なんスよね？」と改めて確認する。

「はい」

「部長ではなく？」

「私の上に部長はいません」

彼が再び寂しげな笑みを浮かべる。そして、ためらいがちに口にした。

「自分がタバコを喫わないので、出世から見放されている——確かに冗談半分で、そう愚痴ったな」

「どーゆー相手に？」

以蔵がまた白々しく訊いた。

「木下社長にですよ。一ヵ月後に社員旅行があるのですが、コーディネートをお願いしてる観光会社の社長です。私が幹事なんでね」

「次長自ら幹事役を務めるとはー。長く幹事をされてるんですか？」

「ずっとやってます。なにしろ、自分の好きなプランを取り入れられますしね」

そこで浜畑が、やっと明るい笑顔を見せた。

「今回は、山梨にある丘陵公園でピクニックをします。メインイベントは、五キロの自転車専用ロードコースを走ることなんです。実は私、高校時代はロードバイク部に入ってまして。ちなみに社長も、同じ部で走っていたんですよ」

「ほほう」

以蔵がさも感じ入ったようにそう返してから、第一営業部の部員たちから事情聴取する許可を取り付けた。

「ジョーさん」と席を立ったリコは考えを伝える。「ユゲボードの開発を製造現場で担った浜畑次長のことが、弓削社長にしてみれば疎《うと》ましいのでは？　いつまでも浜畑次長に製造現場にいられては、誰の功績か分からなくなる。弓削社長は自分だけをレジェンドにするため、浜畑次長を専門でない営業部に追いやったのではないかと」

「なきにしもあらずだなー」

その後、以蔵とリコは第一営業部の部員たちに話を聞いて回った。

「次長はどんな業務にもご自身で動いて、みんなから慕われています」「次長は、自ら率先して行動する方です」と、部下の評判はすこぶるよかった。

喫煙問題については、なんと第一営業部の部員は浜畑を含め十二名全員が非喫煙者であった。タバコを喫わないことで、社内的な立場にマイナス面があるかを訊いてみる。

「金曜クラブに参加できないことでしょうか」

と若い社員が応えた。

「なんスか、それ？」

以蔵の顔に「？」マークが浮かぶ。

「社長室で、毎週金曜日の午後一時から催される懇談会です。タバコは大人のたしなみということで、ゆっくり紫煙をくゆらせながらざっくばらんに語り合おうという趣旨らしいです。タバコを喫わない社員も出席できるんですが、なんとなく手持ち無沙汰で参加する者はいません。ほら、周りでみんな喫ってるのに、嫌煙家ぶってるみたいで居づらいじゃないですか。それに、愛煙家の社長に盾突《たてつ》いてるみたいだし」

なんと、一般社会とは逆の構図ではないか。

「ワインやオードブルも振る舞われるそうなんですけど、非喫煙者の社員には未知の領域になってます」


「なるほど。その金曜クラブに参加してると、社長の覚えがめでたいってわけかい」

小百合の言葉に、〝主君の覚えがめでたい〟って、よく時代劇の台詞でも出てくるよな、とリコは思う。多分にえこひいき的な意味合いだ。

「それにしても金曜クラブって、財界人か政治家の集まりみたいだね」小百合がにたりとした。「政治家っていえばさ、受動喫煙対策を強化する改正健康増進法が全面施行されて、中央省庁が屋内完全禁煙になったじゃない。その一方で、国会内にはあちこちに喫煙専用室があるんだよ。本会議場入り口横の喫煙専用室は、愛煙家の先生方が英気を養う場所なんだそうだ」

会社や飲食店は、原則屋内禁煙である。ただし、煙が外に漏れない喫煙専用室があれば喫煙できる。屋外も含めて敷地内禁煙となり、屋内は完全禁煙とした学校や病院、行政機関などに比べると規制は緩い。

「当初、厚労省が示した案では、国会も含めた官公庁全体が屋内完全禁煙だった。でもね、法案提出時に行政機関に後退してしまった」

「タバコを喫う議員に配慮したってことっスか？」

リコの向かいの席で以蔵が訊く。

「国会は行政機関ではなく、議決機関だという理屈で区別されてしまったわけ」

以蔵がため息をつく。

「かつての大物政治家のイメージって、愛煙家が多いっスよね」

小百合が頷く。

「近頃は健康志向の高まりでタバコを喫う政治家が減ったとはいえ、与野党ともにベテランを中心に愛煙家はなお多いみたいね。国会内の喫煙専用室では。議員らがマスクを外して話し込む姿が目につくって、さる方から聞いたよ」

リコは、「〝さる方〟とは？」と訊く。

「さる方は、さる方さね」

とはぐらかされてしまった。

すると以蔵が、「永田町の喫煙専用室も時代に逆行してますけど、弓削産業の社長室も浮世離れしてますー」と呆れていた。

リコも頷く。

「弓削産業には、廊下の端に喫煙ブースが設置されてました。しかし社長室はとなると、煙が外に漏れない喫煙専用室という取り扱いになるんでしょうか？」

「ならんだろーな」と以蔵が頭の後ろで手を組む。「非喫煙者である俺らの前で、一服してたー」

「受動喫煙被害に遭ったわけですよね、あたしたち」

「いずれにせよ、明日は金曜日だー。社長室で催される金曜クラブに、顔を出してみるさー。全員がタバコを喫うらしい第二営業部の面々二十名からも話が聞けるだろーしな」

「そういえば」とリコは言う。「第一営業部が十二名なのに対し、第二営業部は倍近い人数なんですよね」

3

以蔵もリコもあんぐりと口を開けていた。弓削産業の社長室では、思いもしなかった光景が展開されていたのだ。ワイングラスを片手に優雅に語り合っているのかと思いきや、年齢もさまざまな男女がジャージー姿で運動中だった。エアロバイクを漕《こ》いでいる女性、ベンチプレスをしている男性、そのほかリコが名前を知らないフィットネスマシンを駆使しトレーニングしている。昨日、社長室に来た時にはなかったたくさんのマシンは、いずれもジムにあるような本格的なものだ。やはりジャージー姿の弓削が人々の間を回り、トレーナーよろしく声をかけている。

「あのー、すみません」

以蔵が、部屋の隅で柔軟体操をしている小柄な男性に声をかけた。

「第二営業部の部長さんって、いらっしゃいます？」

「私ですが」

偶然にも、四十代前半の彼が部長だった。髪が濃く、眉もげじげじと濃い。マスクを外していたひげの剃り跡が青かった。

以蔵とリコは名刺を差し出す。

「堺《さかい》です」と名乗り、彼はマスクを着けた。「労働局の調査が入っていることは、社長から聞いています」

「そーでしたかー」と以蔵がいつもながらのんびり応え、「金曜クラブは、ワインを飲みながらの懇談の場ではなかったんスか？」と、さっそく質問した。

「コロナ前まではね。社員の生の声を聞きたいと、社長が主催したんです。それが、いつの間にかフィットネスジムのようになりました。金曜の一時に社長室に集合するのは一緒ですが、みんなで奥にある収納室からマシンを出してきてトレーニングしてます」

「方針を変えたのは、弓削社長っスか？」

堺が頷く。

「以前の金曜クラブは、来られるものが集まるといった感じだったんです。それが、メンバーを三チームに分けて、ジャージーに着替えてくるようにと」

「社長以外の全メンバーは三十七名ということですよね、全員が愛煙家の？」

「そうです。三チームに分けたのは、密を避けるためだとおっしゃってました」

「トレーニングは楽しいっスか？」

堺が、げじげじ眉毛を寄せる。

「さあ、楽しんでやってる者もいるかもしれませんが、私についてはそう言えません」

「楽しくもないのに、なぜ参加されてるんス？」

堺の眉間《みけん》のしわがさらに深くなった。

「分からないんですか？」

以蔵が涼しい顔で、「はい」と応える。

「日和《ひよ》ってるように思われるかもしれませんが、立場を少しでもよくするためです。おかげで、私が率いる第二営業部の部員は二十名です。第一営業部は十二名ですよ。もちろん、売上は第二営業部のほうが断然稼いでいます」

「それも金曜クラブに参加しているためだとー？」

「浜畑次長は参加していませんよ。関係ないと言い切れますか？　経理課長なんか金曜クラブに参加するために、やめていたタバコをまた喫い始めたんですから」

どうりで弓削産業の喫煙率が高いわけだ。社長に迎合しているのだ。

堺が自虐めいた笑みを浮かべる。

「こんなふうに生きるしかない私たちサラリーマンが、あなた方にしてみれば滑稽に映るんでしょうね」

反感を持たれては調査がしづらくなる。以蔵が質問を変えた。

「どーして金曜クラブは、懇談会からトレーニングに様変わりしたんでしょう?」

「社長は凝り性なんですよ。以前は、ワインに凝ってらしたんです。オードブルもお手製でした。社長は料理がお得意なので」

「あ、それでワインを飲みながらの懇談会だったんスね。弓削社長が料理が得意とは、意外っス」

再び堺が頷いた。

「今の社長は健康志向なんです。コロナが蔓延《まんえん》してから、社にも電車と徒歩で通うようになりました。以前は通退勤はもちろん、どこに行くのにもお抱え運転手のクルマでしたから」

待てよ、とリコは思う。健康志向の愛煙家って、矛盾してないか? それに——。

「感染を警戒するなら、電車通勤よりクルマの利用を続けるはずですよね?」

と、リコは気がついたことを言ってみる。

「まあ、そうなんでしょうが……」

と堺も首をかしげていた。

以蔵がさらに尋ねる。

「弓削社長が電車通勤に変えた頃に、金曜クラブはフィットネスジムになったと？」

「ええ。社長は猪突猛進……」

そう言った堺が首をすくめる。弓削がこちらに視線を送っていたのだ。

堺が今度は声をひそめて言う。

「……いえ、社長は純粋で真っすぐなところがあるので、いったんこうと思い込めば考えを変えません。しかしそんなひたむきさが、ユゲボードの成功につながったんだと思います」

トレーナー役を終えた弓削が、自分の執務机で一服していた。そしてタバコを例のクリスタルの灰皿でもみ消すと、皆に向けて宣言する。

「俺はタバコを喫わないことにするよ」

「ええ!?」

室内にいる全員が、彼に注目した。

「社員旅行でロードコースを自転車で走るあれな、俺は一番でゴールインする。そのための禁煙だ」

堺が、以蔵とリコに向けて軽く片目を閉じて見せる。

「ほらね。社長には、こういう一途なところがあるんです」


社員旅行には、以蔵とリコも同行した。キノシタ観光の社長、分度器顔の木下の厚意で、クリーンスタッフとして参加させてもらうことになったのだ。すなわち、弓削産業の社員たちがバスの乗車時に手指の消毒をする手助けや、休憩・見学などで社員が下車している間に車内の除菌を行う。

始業時間と同じ八時半に会社前でバスに乗車。途中トイレ休憩を挟んで、十時に山梨の丘陵公園に到着した。

社員たちが公園内を自由散策している間に、以蔵とリコはバス車内の除菌を済ませる。以蔵が一号車、リコは二号車に乗っていた。

「弓削社長が禁煙宣言をしたおかげで、喫煙車であってもタバコを口にする社員がいなくて助かったー。木下社長もほっとしてたー」

今日は木下が一号車の添乗を、コキン部に相談をしてきた多田が二号車の添乗を担当している。

ふたりは駐車場のバスを離れ、丘陵公園に入った。入園時に総合案内所で手渡されたマップを眺め、五キロのロードコースに向かう。スタート地点は、公園のほぼ中央にあった。東京よりも紅葉が早い。樹木は、赤や黄に色づいていた。マスクを外して深呼吸したら、湿った落ち葉のにおいが辺りに漂っている。見上げると、目に染みるような十一月の青い空が広がっていた。

ロードコースの受付で、レンタサイクルを申し込む。

「え、これに乗るんですか!?」

以蔵が選んだのは、ふたり乗り用自転車だった。

「おまえが自力で走り抜ける自信があんならべつだー。平らな道ばかりじゃねーぞ。ちんたら走って社員さんたちのゴールを見届けられないと、来た意味ねーし」

「社員さんたちのゴールっていうより、弓削社長がトップになるかどうかですよね」

「おまえ、どう思う？」

「さあ……。でも今度のことで、なにかつかめるかもしれません」

なんにせよ、以蔵の言うとおりだ。転《こ》けて、骨折でもしたらかなわない。それに、後ろに乗ればハンドル操作もいらないし、脚力がなくても前に乗る人にリードしてもらえる。運動嫌いな自分には、もってこいだ。ただしその分、以蔵に負担がかかるわけだが。

ヘルメットを被ると、まずは以蔵が自転車にまたがった。しっかりと踏ん張ってもらって、リコも後ろのサドルにお尻を乗せる。よたよたして、乗るだけでひと苦労だ。

「せーの」

以蔵の掛け声でゆらりと走り始める。サイクリングロードはすべて舗装されていた。最初は平たんな道だが、間もなく下り坂になる。地形を活かしたコースだった。ガードレールの代わりに樹木が植えられ、景観への配慮が行き届いている。

「わぁ」

頬にひんやりとした風が心地よい。

だが、上り坂になると大変だった。

「おまえ、もっと気合入れて漕げ！」

以蔵から檄が飛ぶ。

ふたりともスーツ姿だ。自分はスニーカーを履いてきていたが、以蔵は相変わらず革底のプレーントゥだ。滑らないのだろうか？

アップダウンを繰り返すコースを、二十分くらいかけてゴール手前二〇〇メートル地点にある最後の上り坂の頂上までできた。

「ストップするぞー」

以蔵が自転車を止めた。

「ふう」

息を荒くしながらリコはマスクを外し、自転車を降りた。太腿《ふともも》とお尻っぺたが痛い。汗だくでスーツの上着を脱ぐと、背負っていたリュックに入れる。

以蔵のほうは、額に汗ひとつかいていなかった。ネクタイを緩めることもなく、涼しい顔でブラックマスクのままで自転車の傍らに立っている。夏場も彼はクールビズとは無縁で、ネクタイとジャケットを身に着けていた。今もいつものように、ビジネスバッグをショルダーベルトで斜め掛けしている。

「いよいよだなあー」

ここからはスタート地点が見渡せた。

弓削産業の社員たちが自転車とともに集まってきた。

いっせいにスタート。団子状態で走っていたが、最初の坂を下り切り、上り坂にかかったところで一台が抜け出した。弓削のようだ。

「みんな、めっちゃ遠慮してないですか」

すると以蔵が、「いや、そうでもなさそうだぞ」と言った。

もう一台が弓削を猛追《もうつい》し、抜き去った。

「浜畑次長です！」

リコは声を上げていた。

二台が森の陰に入ってゆき、それからだいぶ遅れてほかの一団が走っていった。

五キロコースは、〔およそ20分で完走できる〕と案内マップに記載されていた。〔上級者なら10分くらい〕とも。ふたり乗り自転車で以蔵に負担をかけた自分たちは、ゴールの二〇〇メートル手前地点まで来るのに、すでに二十分を費やしていた。

「先回りするぞー。抜かれたら、俺たちには追いつけそうにねーから」

ふたりは、再び自転車にまたがる。

「さあ、行くぞー」

「ひゃあ〜!!」

以蔵はブレーキを掛けず、坂の頂上から一気に走り下りた。その余力で、ゴールまでの平坦を、ふたりは足を揃え最後の力を振り絞ってペダルを漕ぐ。だが、その傍らを一台が猛スピードで追い抜いていった。

弓削社長！　とリコは心の中で声を上げる。

そしてすぐあと、もう一台に抜き去られた。

浜畑次長！

自分たちの自転車は、もう彼らに追いつけない。目の前を走っていった二台がゴールラインを抜けていった。どうやら、弓削がトップでゴールしたようだ。弓削が自転車をコースの端に置くと、外側に広がる緑地の芝の上に力尽きたように倒れ込んだ。やはり自転車を置いた浜畑が、弓削の隣に寝転ぶ。彼らがレンタルしていたのは本格的なロードバイクだった。

以蔵とリコも、彼らの近くに止まった。そして自転車を降り、ふたりを見守る。

「こんなに思い切り走ったのは、久しぶりだ」

弓削がヘルメットとマスクを外すと、空に向かって言う。

「まったくですね」

浜畑もマスクを外していた。肩で息をしている。大の字で仰ぐ秋空はいっそう高いだろう。

「たまには、あの頃みたくダチに戻ってしゃべれ」

そう促され、浜畑が少しぎこちなく話し出す。

「夜に、代々木公園のランニングコースを走ってたろ？」

「知ってたのか？」

「残業した帰りに見た。あれも、今日のロードに備えてか？」

「いや。コロナの世の中になってから運動不足でな」

それを耳にしたリコは、弓削がクルマから電車通勤に切り替えた理由を理解した。

「金曜クラブのトレーニングもそのためか？」

「ああ」と弓削が応えたあとで、「いや」と打ち消す。

「ほんとのところ、太り気味なんだ」

「おまえ元々、太りたくなくてタバコ喫い始めたんだよな」

ええっ、なんだそれは⁉ 浜畑の口から飛び出した意外な事実に、以蔵と顔を見交わす。

「俺がつくる料理はうまいからな。つい食い過ぎちまう。それで、食欲を落とすためにタバコを喫うようになった」

リコは、堺が口にした「社長は純粋で真っすぐなところがあるので、いったんこうと思い込めば考えを変えません」という言葉を思い出していた。

「ヘンな理屈だな」とくさしながらも、浜畑が懐かしげな目をする。「部の合宿では、おまえが炊事番だったもんな。予算がないからキャベツ料理ばかりだったが、うまかった」

すっかり高校の同級生の口調に戻ったようだ。

「うちは家内工業から出発した。祖父母も両親も働いてて、俺はガキの頃から炊事番だ」

「結婚するつもりはないのか？」

「必要を感じないからな。料理も洗濯も自分でするし」

「それにしても」と浜畑が呆れ気味に言う。「おかしなタバコダイエットなんて信じるのはよして、キャベツ食え、キャベツを」

「キャベツか」

ふたりで笑い合っていた。そのあとで、弓削が照れ臭そうに打ち明ける。

「こうやっておまえと、ざっくばらんに話したくて金曜クラブを始めたのに」

「喫煙クラブだろ」

そう浜畑が混ぜ返した。

弓削が苦笑する。

「浜畑だけだよ、俺にそんなふうにものが言えるのは。そう思って、こちらに来てもらった」

「俺は製造部にいたかったよ」

「いや、製造部門は、おまえがしっかりと道をつけてくれた。もう手放していい。工場には、親父の代からの取締役やベテランの職人がいる。任せておいて大丈夫だ。ユゲボードのことが一番分かっているおまえには、売る側に回ってほしかったんだ」

「俺はずっと、モノづくりにかかわっていたかったのに」

「なあ浜畑、おまえが次長のままなのはなんでだと思う？」

「俺が、製造部に戻りたいと思っているから」

「違う。おまえは、仕事の手離れが悪いからだ」

浜畑が、はっとした表情をする。

「工場でも、ユゲボードの製造についてチームで当たる体制が整ったにもかかわらず、おまえはなおも我を張り続けた。営業部に来てからもそうだ。確かに新たな顧客を開拓したかもしれんが、それをチームで広げようとしない。堺は、部下とともに営業展開しているぞ。それが、第一営業部と第二営業部の部員数の差だ」

「誰かやる者を探すより、自分がやったほうが早い——そう思ったんだ」

「だが、その向こうにあるのは、自分がやらないと気が済まない、だ。社員旅行の幹事だって、そろそろ若い者に引き継いでもいいだろう」

ほかの社員たちの自転車が、次々とゴールしてきた。

「みんなを迎えてやらんと」

弓削が身を起こすとそちらに向かう。

彼に続いて、浜畑が立ち上がった。すると弓削が振り返って、彼に言う。

「おまえは、第一営業部の次長だ。第二ではなく、第一のな。そして、おまえの上に部長を置いていないのは、期待しているからだ」

4

「昨日は、サイクリングのあとが大変だったんスー」

朝、分室に出勤してくると以蔵がぼやいた。

「弓削社長が、〝俺はタバコをやめたわけじゃない、喫っていなかっただけだ〟って、喫煙を再開して。おかげで、ほかの社員もそれに同調して一号車のバス車内は煙で真っ白っスよ」

あれから弓削産業一行は温泉施設に向かって汗を流し、その後バーベキュー会場でランチ。弓削社長は野外での食事だし貸し切りだからと、会場での喫煙をオーケーにした。

報告を受けた小百合が、顔をしかめる。

リコは彼女に尋ねた。

「金曜クラブのトレーニングは、パワハラにならないんですか？　女性社員の姿もありましたけど」

「ならないね。女性社員へのセクハラというなら、社内運動会で三輪車を漕がせるって前例があった」

「それって、まさかスカートで？」

小百合が首を横に振った。

「水着でだよ」

「わあ、エグ」

窓外で千鳥ヶ淵の桜がいよいよ紅葉してきた。その景色を背負った小百合が、「出陣の時だね」と告げる。

「その前に支度をしないと」

「勝負マスクのことですか？」

リコが言ったら、「これだよ」と小さな瓶をデスクの物入れから取り出した。

「なんだ突然！」

執務机で弓削が、〔コキン部〕と白抜きされた緑のマスクを着けた三人に目を見張っていた。そしてすぐに、その目をしばしばさせる。

においの発信源である小百合の隣にいるリコは、まぶたを開けていられない。

小百合が取り出したのは、香水の瓶だった。彼女が小さなキャップを開けただけで、小もうリコは頭がくらくらした。金縛りにあったように動けないでいる以蔵を尻目に、百合は躊躇《ちゅうちょ》なく瓶の中身すべてを自身に向かって振りかけた。むせて咳き込んでいるふたりに、香水が結婚前の夫からのプレゼントであることを彼女が打ち明けた。「悪い人じゃないんだけど、時々ヘンなプレゼントくれるのよ。長いこと引き出しに入れといたら、さらに熟成が進んだみたい」。しかし、こんな香水をくれる相手を「悪い人じゃない」とはいえないんじゃないか？

小百合が弓削に向かって、「アタシャ、このふたりの上司。室長の漆原だよ」と名乗ると、話を続けた。

「弓削社長、アタシャ今日、アータに禁煙を勧めにきたわけじゃない。アータに伝えたいのはマナーだよ」

「なんだと？」

弓削がぎろりと小百合を睨みつける。だが小百合のほうは、まったく動じることなく話し続けた。

「会社は、原則屋内禁煙。ただし、煙が外に漏れない喫煙専用室があれば喫煙できる」

「この部屋は、俺ひとりが執務する部屋だ」

「違うね。ここには多くの社員がやってくる。その社員は、受動喫煙の被害を被ることになる。来客だって同じだ。先日は、うちのふたりの部下も被害者になった。そのことを、あんた理解してるかい?」

弓削が押し黙る。

「なによりね、アータの社長室での喫煙は、社内の分断を生んでるんだよ。金曜クラブがいい例。そこには、喫煙する者だけが集まるようになった。タバコを喫わない社員は、金曜クラブが開催されている時間、タバコを喫っている社員の業務の穴埋めをしなければならない」

弓削が苦渋の表情を浮かべた。

「喫煙している側だってそうさ。アータにすり寄るため、やめたいと思ってたタバコがやめられないでいる。やめてたタバコをまた喫い始めた社員もいるそうじゃないか」

そこで以蔵が発言する。

「分断ってことなら、昨日のバーベキュー会場でもタバコを喫う人と喫わない人の席が分かれましたよね。せっかくの社員旅行で、普段は交わらない人同士がコミュニケーシヨンをはかれる場だったのにー」

　小百合が頷く。

「弓削社長、アータ、太りたくなくて喫煙してるんだってね。それなら、コロナを機に運動を始めたっていうから、それで充分じゃないのかい」

「いや、太りたくないがために喫ってるだけじゃない。仕事がうまくいった時の一服は、このうえない達成感を味わえる」

「お言葉ですが」とリコは口を開く。「昨日、五キロのロードコースを走りきったあと、タバコなしでも達成感を味わっていらっしゃいました。よきお仲間と分かち合えた達成感なのではないか、と」

　弓削が低く唸って、再び黙り込んだ。

「もう一度言うけどね。アタシャ、なにも禁煙を勧めにきたわけじゃないんだ。あくまでもマナーなんだよ。廊下の端に喫煙ブースがあるね。タバコが喫いたいなら、あそこを使ったらどうだい？　そして、社員たちと語り合ったらいい。社長室は、誰もがやってこられる場所にしたらいいだろうよ。そうだ、毎週金曜日とはいわないけど、月に一回、社長室にみんなで集まってランチ会をするなんてどうだろうね。アータ、料理が得意だそうじゃない。おっと、もちろん感染対策には充分に気を配っておくれよ」

「それはいい」と弓削が賛成した。「キャベツ料理でも振る舞うとするか」

「キャベツ料理？」

不思議そうな顔をしている小百合に、「部下のふたりに聞いてみたらいい」と彼が促す。

「ところで、俺にも言わせてもらっていいかな？」

「なんだい？」

「マナーというなら、漆原室長、あんたのその香水はいかがなものだろう？　それはマナーに沿ったものなのか？」

「これは、アタシの愛する人からもらったものさ。だから、かけがえのない香りなんだよ。しかしね、ある人間にとって心地よいものでも、そうでない人間にはひどく迷惑でしかない。それが、ここに来る途中で、よく分かったよ。電車に乗ると、周りに人が近づかないんだ」

弓削が低く笑った。

「ある人間には心地よくても、そうでない人間にはひどく迷惑——あんたにそれが分かって、心底ほっとしたよ。それなら俺も、社長室を禁煙にすることとしよう。ランチ会の件も確約する」

小百合がにやりとした。

「けっこうだね」

弓削が頷く。

「だから、ひとつ頼みがある。早くここから出ていってくれないか。においがきつくてたまらん」

「タバコの煙が苦手な人には、同じ苦しみかもしれないよ。バスの車内で、三十八人がくゆらした煙の中にいる旅行会社の添乗員とかね」

小百合のあとについてリコも部屋を出た。毒をもって毒を制すってこのこと？　と思いながら。

第五章　社長をクビ

1

二〇二二年二月初旬。

寒さを、リコはいつも唇で感じる。それが今はマスクで覆われ、コロナは四季の感覚をも奪ってしまった。電車に揺られながら物思いに耽っていると、「見えた！」という以蔵の声がして、慌ててそちらに目を向ける。

車窓に張り付いている彼の視線の先には、住宅地とその彼方に尖った塔のようなものが覗いていた。だが、瞬時にして通り過ぎてしまう。

「東京女子大の礼拝堂だぁー。設計したアントニン・レーモンドは、木造建築が多い時代に、コンクリートブロックを現場で積み上げるプレキャスト工法を採用してるー」

「ジョーさんてテツなだけでなく、建築ヲタクでもあったんですね」

「中央線に乗ったら、立川方面に向かって右側の車窓から眺める風景がいいんだー。高円寺を過ぎて阿佐ヶ谷あたりになると、高層の建物の少ないフラットな住宅地が広がってさー。んで、西荻窪《にしおぎ》を過ぎて吉祥寺《きちじょうじ》に近づくと、さっきの尖塔がちらりと見える。ほんの一瞬だけだがな。でも、一瞬にして通り過ぎてしまうからこそ、車窓風景って尊いんだよなー」

「やっぱテツだ」

「だから俺はテツじゃないって」

「テツで建築ヲタクです」

電車が東小金井《ひがしこがねい》を出た時だった。それまで一心に窓の外を眺めていた以蔵が、ひょいとリコの背後に目を向ける。

「どうしました?」

振り返ったリコは、はっとなった。中年の大柄な男が、制服姿で中学生くらいの女の子を両手で壁ドンするようにドアに追い詰めている。昼下がりの車両は乗客の姿はまばらで、気づいている者も見て見ぬふりをしていた。

彼女の危機を察した以蔵は、無言でそちらに歩を運ぶ。リコも恐る恐るあとについていった。自分はベージュのステンカラーコートを羽織っているが、以蔵はコートなし。ただ冬に入って、彼は黒革の手袋をするようになっていた。あとは相変わらずネイビーのジャケットにグレーのパンツ姿で、ビジネスバッグをショルダーベルトでたすき掛けしている。

「なにをされてるんスか？」

以蔵が声をかけると、男がマスクをしていない顔をこちらに向けた。目が赤く充血し、息が荒い。どうやら酒に酔っているらしかった。男の両腕の間で、女の子は身をすくめている。白いマスクの上で潤んだ瞳が、必死に助けを求めていた。通学リュックを背負い、肩に楽器ケースを提げている。どうやらヴァイオリンのようだ。

「嫌がってるみたいじゃないっスか。よしてあげたらどーです」

以蔵はあくまで礼儀をわきまえた語りかけをする。

「うるせえぞ！」

男が怒鳴りつけた。そして、ドアについていた両手を離すと、以蔵に襲いかかる。以蔵はまず、相手の突き出してきた右腕を革手袋をした左手で切った。次の瞬間、男の背後に回り込むと、両手を脇に差し、首の後ろで組んで羽交い絞めした。

「放せ！　この野郎！」

もがく男を両腕で締め上げながら、以蔵が静かに告げる。

「おとなしくしないと、俺、マジで許しませんよ」

逃げてきた女の子を背後にかくまいながら、リコは次の駅に到着するまでの時間がずいぶん長く感じられた。

「ママ！」

武蔵桜駅《むさしさくらえき》に到着しドアが開いた途端、女の子はホームに飛び出す。そして、四十歳くらいの女性の腕の中に飛び込んだ。ホームには、駅員のほか警察官もふたり待ち構えていて、以蔵は男を引き渡した。男はしょげ返ったように従順になっている。

「一一〇番した方はいますか⁉」

警官が、車両から降りた乗客と車内にいる乗客に声をかける。どうやら、走行中の電車から通報した人がいるらしい。だが、誰も名乗り出なかった。面倒に巻き込まれるのが嫌なのだろう。

「娘を助けていただいて、ありがとうございます」

女の子の母親が、以蔵に頭を下げる。

「あ、いえ」

以蔵は足早に立ち去ろうとした。

「お名前をお聞かせ願えますか？」

すがるように問いかける彼女に向かって、「名乗るほどの者ではないんで」と以蔵が淡々と返す。

カッケー！　この台詞を一生涯で実際に口にする人っているんだ。リコは、彼に急ぎ足で追いつくと、「ジョーさん、なにか武道とかやってたんですか？」と訊いた。

「なんもやってねー。昨日テレビでプロレス観てて、軸さえぶれなきゃ俺にもできるかもって真似してみたら、やっぱできたー。ジャーマンスープレックスとか、雪崩《なだれ》式ブレーンバスターみたいなフィニッシュホールドはさすがに無理ぃ」

テツに建築にプロレスって、趣味に一貫性のない人だ。でも股旅物《またたびもの》の主人公みたいで、リコは見直す思いだった。また以蔵の意外な一面を見た。いや、以蔵はいつだって意外ばかりなのだけれど。

それにしても、警官は駅前交番から駆けつけたとして、ホームに彼女の母親が待っていたのはなぜ？

「あの子、どっかで会ったよーな気がしねー？」

「さっき絡まれてた中学生ですよね。実は、あたしもそんな気がしてたんです」

可愛い子だったし、ヴァイオリン持ってたから、もしかして芸能関係？　じゃ、ホームで待ってたのはステージママで、スケジュール管理してたとか？

「実は、突然クビを宣告されまして」

苦く笑う三十代後半の男性に対して、「社長のあなたが——ってゆーことっスよね？」と以蔵が確認する。

「ええ」

男性は日原電子《ひはらでんし》株式会社の社長、日原直樹《なおき》。白いシャツに紺のネクタイを締め、スーツのジャケットの代わりに胸に社名の入った濃紺の作業服を着ている。長めの七・三に分けた髪型は爽やかだし、きりっとした眉と白いマスクの間に覗いた目はいかにも生真面目そうだ。

「まず、うちの会社についてご説明しましょう」

彼が、会議室のテーブルを挟んで座っている以蔵とリコに向けて話し始める。

「日原電子は一九七三年に僕の父、日原清《きよし》が二十三歳という若さで設立しました。事業の柱は、まだ走りだったプリント基板の設計と製造です。父は大変合理的な考え方をする人です。その持ち前の合理性が、弊社の確実な運営の礎《いしずえ》になっています」

直樹の言葉は、創業者である清に対するリスペクトに満ちていた。

「父は、大手メーカーから受託した自動車部品、情報通信機器や内視鏡など医療機器の基板設計を主業務に、順調に業績を伸ばしていきました。しかし設立から十年ほど経ったところで、人材確保という問題に直面したのです。新卒の学生を採用しようにも、安定した生活を求めるうえで、四十年前近い当時は今よりも大手に勤めたいという思いが絶対的だったんです。中小製造業では人を採るのが難しく、せっかく採用した人材も、仕事を覚えると辞めてしまう。そうした悩みを抱えていた父は、夏休みに墓参りを兼ねて郷里の新潟に戻った。すると当地には、東京の大学で電気工学や機械工学など専門的な学問を習得した若者が、多く在住しているのを知ったんです。彼らは農家の子息たちで、将来は家業を継ぐという前提で引き戻され、親たちのそばに置かれていた。活躍の場を見つけられず、習得した専門とはまったく関係のない地元の会社に勤め、燻《くすぶ》っていたんですね。〝それならここに事業所を持ってきて、彼らに設計をしてもらえば〟——父はそう考えたのでした」

確かに清氏は合理的で柔軟な考え方の持ち主だ、とリコは感心する。

隣に目をやると、以蔵も興味深そうに直樹の話に耳を傾けていた。

「父は、さっそく事業所を開設すべく動きました。ただし、大きな問題があったのです。通信手段でした。まだパソコンやメールもなく、輸送も地場の運送会社がある程度の時代です。そこで父は、FAXを導入しました。当時はFAX一台の価格が、六百万円。ここ東京本社に一台、事業所に一台。中小企業でFAXを導入するのは、まさに先駆的でした。なにしろ取引先の五千人規模の大手企業でも、FAXは全部で六台しかなかったんですから。そうした職場では、必要な時にFAXが置かれている総務部まで行って利用しているような状態だったんです」

あたし、この一年の間にFAXって使ったことあったかな？

「また、遠く離れた事業所との業務は、納期管理が難しかったのです。たとえば、図面は納期前日の夕方までに仕上げ、配送する必要がありました。ミスなどの修正依頼が出れば、時間がかかります。ゆえに厳格な納期管理と、絶対に間違いのない、そして誰にでも分かるものが求められました。この制約は一見厳しいものに感じられますが、事業所スタッフの技術レベルとやる気の向上につながったのです。そしてなにより取引先からの信頼がアップしたことは言うまでもなく、ここで得た従業員の自信が離職者を減らすことにもつながっていきました」

その後、日原電子は事業の拡大とともに東京本社、新潟事業所のほかに製造工場を客先の多い静岡県浜松に開設した。浜松工場は、CADセンターも併設している。

「製造現場を拡張するためというのもありましたが、CADを本格導入するのも浜松工場をつくった父の目的でもあったのです。〝これからはコンピューターによる設計だろう〟と考えたわけですね。当時、ワンシステムで一億円したそうですよ。基板設計業界では、うちが初めてだったんじゃないかな」

「なるほど」と以蔵が頷いていた。「あとは順風満帆《じゅんぷうまんぱん》って感じっスかね～」

「もちろんリーマンショックなど、その都度の危機はありました。今度のコロナのことだって――」

「いや、よく分かりましたー。先見の明がある偉大な先代、清氏のこともー。その清氏なんですが、今は？」

「八年前に私に代表取締役社長を継承させると、代表取締役会長として浜松工場に常駐しています」

「失礼ですけど、直樹社長はお幾つになるんスか？」

「三十八歳です」

「じゃ、三十歳で社長になったわけか。ずいぶん若い社長さんっスね」

「父も若くして日原電子を起こしました。〝社長になるなら、若いうちがいい。失敗してもやり直しがきくから〟との考えから、私に社長の座を譲ったのです。ちなみに父は、七十一歳になります」

そこで直樹がいったん押し黙る。やがて再び口を開いた。

「実は、私にクビを言い渡したのは父、清会長なのです」

2

「で、直樹社長は、いったいなにをやらかしたんだい？」

小百合の背後に、千鳥ヶ淵の冬枯れの風景が広がっていた。

「それが、心当たりがないってゆーんス」

　と以蔵が伝える。

「直樹社長には自覚がなくても、パイオニアである清会長にしてみれば腹に据えかねるなにかがあったってことかね？」

「そー思って、マンマミーアにその場で浜松工場に電話を入れさせました」

「はい」とリコは話の続きを受ける。「でも、清会長には取り次いでもらえなかったんです。直樹社長も、清会長とスマホで話していて、〝おまえはクビだ〟と一方的に告げられたそうです。理由を尋ねようとしたところ切られてしまい、以後いっさい電話に出ないそうです」

「理由は自分で考えろってところかね」

「このまま直樹社長は、クビになってしまうんでしょうか？」

　と、小百合に訊いてみる。

「いくら会長だって、そんなことはできないね。社長を解任するには、取締役会を開いて決議を取る必要がある」

　そこで以蔵が、「清会長は、本気で直樹社長をクビにしよーと考えてるんスかね？」

との疑問を提示する。

「どういう意味ですか?」

腕を組んだまま以蔵がこちらを見た。

「社長の座を譲ったかわいい息子のクビを、本気で刎《は》ねようとするもんかなー、と」

「息子をかわいいと思ってるかどうかは分かったもんじゃないよ。息子よりも、自分がつくった会社のほうがかわいいかもしれないからね」

以蔵とリコは、思わず小百合の顔を覗き込んでしまう。

「いずれにせよ、直樹社長がクビを宣告された理由がなんなのかを突き止めるのが先決だね。アタシたちがどう動くかは、その理由次第ってこと」

「つまり、理由によっては、直樹社長がクビを切られても仕方がないと?」

リコの問いかけに小百合が、「当たり前じゃないか、そんなこと」と無慈悲に応えた。

親が子の首を刎ねる。まるで戦国絵巻だ。

翌日、以蔵とふたりで武蔵桜市の日原産業を再び訪ねた。まずは現場の従業員に話を聞いて回る。

「これを見てください」

と、案内してくれた三十代の工場長に言われた。社長と同年代の若い工場長である。

各設備がU字型に配置され、その中でひとりが作業していた。

「たとえば自動車なら、四～五年でモデルチェンジされるわけですよ。モデルチェンジ直前のクルマは売れなくなります。当然、このクルマにかかわる部品の発注も激減する。この時、量産ラインは無用の長物になります。それを社長は、このようなレイアウトにすることで、量産ラインを排除したんです。つまり、U字型にレイアウトした設備の中央にひとりの作業者が入り、複数の工程を一連の流れで完成まで仕上げる。〝一個流し生産〟と社長は名づけました。これは、〝ラーメン屋のモノづくり〟であるともおっしゃってました。ラーメン屋は一杯ずつつくっていくわけです。だから、虫が入れば、その一杯を捨てればいい。ところが、カップ麺の製造であれば、虫が紛れ込んでしまったら、ラインをストップして原因を追求しなければならない。場合によっては、ライン全体の設備を入れ替えるか、最悪の場合は工場を建て直さなければならなくなる。しかし、ひとりの作業員が一貫製造を行うことで、不良品がほかに影響しないようにしているわけです」

──「父は大変合理的な考え方をする人です。その持ち前の合理性が、弊社の確実な運営の礎になっています」そう直樹は語っていた。しかしそう言う本人も、清に劣らず合理的な考え方をするではないか、とリコは感じる。

工場を出ると、それを以蔵に伝えた。

「だなー」

と彼も同意する。

「やっぱり、父親のDNAを受け継いでるってことなんでしょうか？」

「かもなー」

やはり気のない返事をしながらも、以蔵はなにか考えているようだった。

「いったい、なにが清会長の逆鱗《げきりん》に触れたんでしょう？」

「逆鱗には触れてないのかもなー」

「え？」

「いやさー、怒らせたんじゃなくて、別の感情を抱かせたとしたら、どーかなーって」

〝別の感情〟って、もしかしたら……。

電話で分室に報告を入れたところ、「なるほど、〝一個流し生産〟ね。確かに合理的なアイディアだねえ」と小百合も感心した口ぶりだった。

「そうなんです」とスマホを手にしたリコは伝える。「この話を聞いて、清会長は直樹社長に対して怒りとは別の感情を抱いたのではないかと」

「ふーん、別の感情ねえ。ジョーはどう言ってるんだい？」

「ジョーさんも、同じ考えです。ただし、お互いの〝別の感情〟の中身については、まだ照合していませんが」

電話の向こうで小百合は、しばし無言だった。

「あの、サユリさん――」

すると彼女が言った。

「〝一個流し生産〟のアイディアは確かに素晴らしいと思うよ。ただし〝ラーメン屋のモノづくり〟に関する、直樹社長の理念はどうかねえ」

「はあ、理念ですか……」

そう言われてリコも戸惑ってしまう。

「確かにこの件、〝別の感情〟が絡んでるようだね。しかし、アタシの考えはアータたちと違ってる」

「それって」

「まあ、実地調査を続けてごらん。見えてくるものがあるはずだから。そして、ふたりで答えを導き出すんだよ」

小百合が電話を切った。

「サユリさん、なんだって？」

以蔵が訊いてくる。

「ふたりで答えを導き出せ、と」

今度は営業部に話を聞きに行く。日原電子の本社ビルは長方形の三階建てで、一階が設計・製造部、二階が営業部と会議室、三階が総務部と社長室である。

「社長が代替わりしてからの変化ですか？」

営業部長は、工場長と同様に直樹と同学年といった感じで若かった。あるいは、ふたりとも直樹に抜擢《ばってき》されたのかもしれない。

「社長の持論は、〝会社はイノベーションを生み出していく場所でなければならない〟です。そして、〝会社がイノベーションを生める場所にするためには、新しいものにチャレンジする必要がある〟と」

営業部長は明るく、話し方も情熱的だった。

「では、なににチャレンジするか？　宇宙ビジネスにチャレンジするって、聞いた時にはテンションが上がりましたね」

思わずリコは、「宇宙ビジネスですか!?」と声を上げてしまう。

「やりがいがあると思いませんか？　そうですよね？」

営業部長に嬉しそうに問い返され、「ええ」と応えた。

「ロケットとかつくるんですか？」

「人工衛星です」

「すごい！」

少し大きな町工場といった規模のこの会社で、人工衛星をつくってるんだ！　リコのテンションも上がる。だけど人工衛星って、どんな形してるんだろ？　ドーナツみたく丸くて穴が開いてる？　プレッツェルみたく紐を結んだみたいとか？

「あのー」と、そこで以蔵が横から口を挟んでくる。

「宇宙ビジネスって、先代社長はいっさい手掛けていない分野なんスか？」

それを聞いて、以蔵の質問の意図が分かった。彼は先ほどの、清が抱いたかもしれない〝別の感情〟について確証を得ようとしているのだ。

「はい」と営業部長が応える。「宇宙ビジネスにチャレンジしようなんて、先代は頭の片隅にもなかったと思いますよ」

次に総務部に行って、直樹が社長に就いてから人事面で目立った動きがなかったかを訊く。すると、工場長と営業部長が解雇され、現在のふたりが抜擢されたとのことだった。

「解雇された工場長と営業部長は、清会長派だったと」

人事部から廊下に出るとリコは言う。

すると、以蔵も返してきた。

「直樹社長は、幹部社員を少しずつ自分色に変えてるってことかー」

「人事面でも、清会長と直樹社長の間には軋轢《あつれき》があるみたいですね」

「人事面でもってゆーのは、おまえも感じてることがあんのかー？」

リコは頷く。

「清会長は、現場で一個流し生産を提案したり、宇宙ビジネスで営業先を開拓するなど新機軸を打ち出す直樹社長に嫉妬しているのではないでしょうか？」

それが、清が抱いた〝別の感情〟だとリコは睨んだ。

以蔵も頷き返す。

「俺も、清会長が嫉妬したんじゃないかって感じたー」

ふたりの推測は一致したわけだ。その一方で、以蔵がなおも疑問を述べる。

「だが、嫉妬心だけで息子をクビにしようとするかってゆーと、どーもな……。もうちょっとなんかあるよーな気がしねーか？」

「確かに」

社長室のドアが開くと、直樹が姿を現す。

「やあ、どうです、なにか分かりましたか？」

「ま、調査中っス」

以蔵がそつのない受け応えをする。

今度はリコが、「ところで、宇宙ビジネスに取り組まれてるそうですね？」と話題を振る。

「ええ。ご興味あります？」

「はい。人工衛星をつくっているんですよね？」

「うちは基板屋なんで、人工衛星そのものをつくっているわけではないんですけど」そこまで言ったところで、直樹が提案してくる。「そうだ。これからちょうど、武蔵桜大《むさしさくらだい》学《がく》に行くところなんで、ご一緒しませんか？」

「大学ですか？」

「四年前に、メールで武蔵桜大学の学生さんから基盤製作の依頼があったんです。〝あまり予算はないんですが〟と」そこで、直樹がくすりと笑った。「それが、そもそもの始まりだったんです」

直樹が運転するミニバンを駐車場で降りる。冬休み中の大学キャンパスは、人けがなかった。以蔵とリコが案内されたのは、三号館校舎二階にある航空宇宙工学科の研究室である。

「岩清水《いわしみず》です」

挨拶する際に一瞬マスクを外して素顔を覗かせた准教授の彼は、三十代半ばくらい。童顔で宇宙少年の面影を残していた。

「私が指導するゼミで、超小型人工衛星の開発を進めていました。その頭脳となるコンピューター部分の基盤を日原電子さんにお願いしたかったのです」

岩清水は、回転椅子をくるりとこちらに向けて座っている。彼の背後の机には、二台のパソコンモニターと一台のノートパソコンが置かれていた。周りは本が並んだラックと、そこに収まりきらなかった本が床に積まれ、書類や図面があふれ返った紙袋が幾つも投げ出されたようになっている。

直樹は、「東京労働局の方」とだけ言って以蔵とリコを紹介した。もちろん、自分が実の父親からクビにされかかっているなどとは伝えなかった。

岩清水が続ける。

「武蔵桜市は、かつて大手自動車メーカーの工場があったために、中小製造業が集積しています。工場が地方に移転した跡地が、当学と帝国藝術大学音楽学部付属音楽高等学校《がっこう》のキャンパスになりました。当学としては、地場産業にさらに宇宙ビジネスが芽吹いてほしかったのです。そこで、純武蔵桜市産の人工衛星を目指そうと」

「ちなみに」と直樹社長が、以蔵とリコに向けて解説する。「大手自動車メーカーの移転先が浜松です。弊社の工場も取引先のメーカーさんを追いかけて、浜松につくったわけです」

岩清水が頷くと、さらに続けた。

「日原電子さんにお声掛けする以前、当学では一機の人工衛星を打ち上げていました。武蔵桜市には加工が得意な業者さんがあって、まずは箱物——つまり外側だけを市内企業に委託していました。しかしそれは、いわば準武蔵桜市産だったわけです。二号機では、ぜひとも中身である頭脳部分の基盤も、市内企業と協働したいと考えました。そこで、基盤で定評のある日原電子さんにお願いしたのです」

そこで以蔵が手を上げる。

「あのー、岩清水先生はなぜ一号機の際に、日原電子さんに基盤の発注をしなかったんスか？」

「一号機に着手したのは、今から九年前です。その頃、日原電子の社長は先代の清氏でした。加工を引き受けてくれた業者さんからの情報だったのですが、清氏の経営は非常に合理的で、予算規模の小さい当学の人工衛星事業など引き受けてもらえないだろうということでした。それで二の足を踏んだのです。しかし四年前に二号機に着手した際には、社長が代替わりしていた。それで、学生に連絡を取らせたのです。プロジェクトは、学生主導ですので」

ここに来る前に言っていた直樹の言葉を思い出す。「メールで武蔵桜大学の学生さんから基盤製作の依頼があったんです。〝あまり予算はないんですが〟と」

「学生には、企業に丸投げせず、企業との交流により、よいモノづくりを行うこと。一緒になっていいものをつくるよう指導しています。もちろん企業さんには学生だけでなく、私も同行しています。しかし、あくまで学生主導です」

「もちろん宇宙基盤は初めてでした」と直樹が笑顔を見せる。「これはチャンスと、すごく前のめりだったんです。ロマンも感じました。岩清水先生には、初めてお会いした時から前向きな意見を伺え、背中を押していただきました。開発を進める中で、〝いいですね〟という言葉に勇気をもらいました。宇宙特有の制約条件の中で、材料を選定し、設計力と製造力を発揮する。そして、ＪＡＸＡの厳しい試験をクリアしていくプロセスは、それまで経験したものとまったく違っていました」

リコは思い切って質問してみる。

「人工衛星って、どんな形をしているんですか？」

岩清水が笑った。

「ゼミ室に、実物大の模型があります。ご覧いただきましょう」

岩清水が廊下の反対側にあるドアをノックして開けた。こちらの部屋も、岩清水の研究室と似たような有り様だった。本と書類があふれている。冬休みだというのに男女数名の学生がいて、机の上のパソコンでなにやら作業していた。そうでない学生は、机に突っ伏したり、隅にある長椅子で寝ている。

「人工衛星がつくりたくて入学してくる学生も多いのです。しかし、なにも知識のないところから始まって、体力とコミュニケーション力を必要とするチームワークを最後までやり遂げられる学生は限られます。今は各学年三人ほどで、総勢十人ほどのチームです。しかし、やり遂げた時、その学生は大きく成長します」

青春《アオハル》だな、とリコは羨《うらや》ましいような気持ちになった。

岩清水が部屋の中央へと踏み入っていく。

「これが二号人工衛星です」

台に載っているそれは、一辺五〇センチほどの黒い箱だった。

「重さ約五〇キロで超小型。ミッションは、宇宙開発の低コスト化、宇宙利用の裾野を拡大すること、宇宙空間における微生物観察を成功させ、生命科学分野に寄与することです」

すると、直樹が感慨深げに呟く。

「今年二月、この人工衛星を載せたイプシロンロケットが、鹿児島県の内之浦《うちのうら》宇宙空間観測所から打ち上げられました。僕は、こちらの大学のメディアライブラリーセンターのスクリーンで中継を見ていました。打ち上げ成功の瞬間は、学生さんたちと拍手して大いに盛り上がったものです。弊社の製作スタッフも来ていたのですが、宇宙空間での衛星分離放出の瞬間は、みんなで涙ぐんでしまいました」

リコも思わずうるっとしてしまう。

「現在は、岩清水先生からのご指示で三号機の準備に入っていますが、もはや社内で反対の声は皆無です」

それを聞いて、はっとなる。

「反対する方がいたのですか？」

直樹が頷く。

「二号機を受注する際、社内では、〝おカネの回収ができるビジネスモデルになるのか？〟と反対の声が多かったのも事実です。特に、古参の幹部社員からは風当たりが強かった」

それで、工場長と営業部長を解雇した、とか？

「僕としては、まず設計部門を動かし、経理部門の理解を得て、と徐々に仲間を増やしていきました。社内営業の際には、反対派を説得するため〝そんなに資金はかからないから〟と多少の嘘もつきました」

以蔵とリコは目を見交わす。そして「これだ」と言うように頷き合った。

ゼミ室をあとにし、大学の駐車場まで戻ってきた。

「宇宙ビジネスはおカネになるんスか？」

以蔵が直球な質問をぶつける。

それに対して直樹が、少しおどけたように、「イイ感じでいけば、おカネになるかもしれない」と応える。しかし、そのすぐあとで言う。「量産と違って、そんなには儲かりませんね。管理にとても手がかかるんです。そこにかけるパワーがものすごくて、費用対効果が小さい。コストパフォーマンスが低いんです。しかし、品質《Q》・価格《C》・納期《D》を追うばかりでなくてもいい。売り上げを伸ばしていくばかりが、目標ではないんです。若いメンバーの、いや若くなくてもいい、スタッフのテンションが上がる仕事だからやるんです。なにより、宇宙ビジネスのプロダクトには、イノベーションの種があります。

そして事実、社員らの熱量は上がった」

「意外でした」とリコは直樹に向けて感想を伝える。「人工衛星って、シンプルな形をしているんですね。でもきっと、あの箱の中には複雑な電子部品が詰まっているんでしょうけど」

すると、直樹が意外な言葉を返してきた。

「それはどうかな」

謎めいた笑みを浮かべている彼に、「え、複雑じゃないんですか?」と訊く。

直樹がそれには応えず、「失礼」と片合掌《かたがっしょう》した。そして、ジャケットの内ポケットからスマホを取り出す。どうやら着信があったらしい。

彼は二言三言話すと、電話を切った。その顔が、ひどく緊張している。

「明日、会長が東京本社に来ます」

急な展開に、リコは焦った。隣で以蔵も驚いている。

「今の電話、会長さんからだったんスか?」

「いいえ、会長に同行する浜松工場の社員からでした」

そこで直樹が、ふたりを真っすぐに見る。

「会長と話をする際、同席していただけますか？」そう言ったあとで付け足す。「ただ、分かった気がするんです。父が、なぜ僕をクビにしたいのかが」

「へえ、向こうからやってきたかい。やっぱりね」

小百合が面白そうな顔をしている。

〝やっぱり〟ってどういうことだろう？　とリコは思う。

「で、アータ方の見立てはどうなんだい？」

向かいの席にいる以蔵が応える。

「直樹社長は利益が出ないのを承知で、武蔵桜大学の人工衛星の仕事を取りにいったんス。しかも社内の反対派を説得するため、〝そんなに資金はかからないから〟と嘘までついて。これは、合理的な経営をする清会長に背く行為っス」

リコも考えを伝える。

「しかもその過程で、反対派である先代社長時代からの工場長や営業部長を解任したことも想像に難《かた》くないです」

「アータたちの考えを、清会長に投げかけてみるんだね」

そして、ぎろりとこちらを見やる。

「さあ、明日は出陣だよ！」

3

〔コキン部〕と白抜きした緑色のマスクを着けて社長室に入った三人に、清がいぶかしげな表情を向けた。

「なんですか、あなた方は？」

「労働局の方です。僕が呼びました」

社長室の応接ソファにいる直樹が、説明する。

ローテーブルを挟んで向かいにいる清が、皮肉な笑みで息子を見た。

「私にクビを宣告されたんで、泣きついたわけか」

清は白髪をオールバックに撫でつけている。明るいクリーム色のスーツが、白髪に似合っていた。秀でた額と、白いマスクの上の瞳が理知的だった。もうひとり、グレーのスーツ姿の四十代くらいの男性が、控えるように清の背後に立っていた。彼が、浜松工場から同行してきた社員なのだろう。

小百合を真ん中に、右側に並んだ以蔵が語り始める。

「現地調査をして分かったことがありますー。武蔵桜大学の超小型人工衛星について、直樹社長は大きな利益が望めないのにもかかわらず積極営業を行った。しかも、資金がかからないと虚偽の報告までして社内の了解を得ようとしたんス」

「それがどうした？」

清が皮肉な笑みを、今度は以蔵に向けた。

リコは思いきって、自分の考えをぶつける。

「〝一個流し生産〟というそれまでになかった新しい設備配置を行い、宇宙ビジネスという営業分野を開拓した直樹社長に、清会長は嫉妬心を覚えたのではないですか？　それも手伝って……」

「バカなことを言うな！」

清に一喝され、リコは首をすくめる。

「あんたたちは、まったく筋違いなことを並べ立てている」

以蔵とリコは愕然として、お互いの顔を見た。

「会長、僕には分かります」

口を開いたのは直樹だった。

「今年に入って、僕は離婚しました。ずっと別居状態でしたが、ついにそういう結論に至った。僕が仕事にかまけ、家庭をなおざりにしたからです。そんなバランス感覚のない者に、会社の経営は任せられない――そういうことですね？」

これが昨日、直樹の言っていた〝クビにしたい〟理由か。

「違う。おまえのプライベートなど関係ない」

だが、やはり清に否定されてしまう。

「もっとも、孫に会いにくくなったのは、残念ではあるがな」

この時ばかりは、清が寂しげな顔を覗かせた。

「アタシャね、うちの若いふたりが失敗してもいいと思ってるんですよ。清会長、アータがそう思ってるように」

清が、小百合に目を向ける。

「アータは、〝社長になるなら、若いうちがいい。失敗しても、やり直しがきくから〟という信念から、息子さんを三十歳で社長に就かせた。やはり若くして日原電子を設立したアータにも、失敗の経験があったんでしょうね」

「失敗は、人を大きくする。悪いことばかりではない」

「アータは、直樹社長がいつか失敗をすると考え、ずっと見守ってきた。そして、若き直樹社長はついにやらかした」

清が頷いた。

「そもそも〝一個流し生産〟の話を直樹から聞いた時に、私は別の感情が直樹に芽生えていることを感じたのだ」

〝別の感情〟！　とリコは思う。

「確かに〝一個流し生産〟のレイアウトは合理的だ。しかし〝ラーメン屋のモノづくり〟の理念はいかがなものだろう？　ラーメン屋は一杯ずつつくっていくので、虫が入れば、その一杯を捨てればいい——この考え方だ。私なら店を休んで、徹底的な清掃を行う」

直樹がはっとしていた。

「そこに、直樹の慢心を感じたのだ」

そうか、小百合が読み取った〝別の感情〟とは、直樹の慢心だったのだ。

清がなおも続ける。

「宇宙ビジネスという新しい分野に着手すること、大いに結構だ。社内を説得するためには、多少の方便《ほうべん》も必要だろう。なにより、このビジネスを行う目的がいいと思った。社員の熱量を上げる——そして、見事にそれを達成した。直樹からの報告を受け、私も嬉しかった」

清が、目の前にいる直樹を見つめた。

「人工衛星の製造に携わった若いスタッフが、友だちにそれを話したところ、すごいね！　と言われて得意だったという。その逸話を聞いて、私は喜びをかみしめた。チャレンジして得たものの大きさを実感したからだ。ところが、そのあとで、おまえはなにを言った？」

直樹を見つめる目が厳しくなる。

「〝宇宙での開発は、実はハードルが低いんです〟と、おまえは得意げにうそぶいた。〝国際宇宙ステーション《ISS》を紹介するＹｏｕＴｕｂｅなんか見ると、十年前のパソコンが搭載されていたりします。地球から離れたところには、最先端はない。地球とは違う、無重力の場所にあった規格が求められるだけなんです。地上で行われている自動車エンジンの開発争いのほうが、よっぽど熾烈《しれつ》で最先端ですよ。しかし、一般人は宇宙というとひどくハードルが高いと思っています。だから、うちのスタッフが友だちに話すと、すごいね！　ということになるんです〟と。この話を聞くやいなや、私はおまえをクビにすると告げた。おまえの考えは、仕事と社員を冒瀆《ぼうとく》するものだ」

直樹が啞然としていた。それから、がっくりと首を前に倒す。

「清会長、アータは会社と息子さんのどちらがかわいいですか？」

小百合の質問に、彼が小さく笑った。

「もはや、かわいいという齢《とし》でもないだろう」

そして、うなだれている直樹に声をかける。

「なあ」

その瞳は、間違いなく父親のものだった。だが、直樹は力なく首を前に垂れたままである。清がさらに続けた。

「そして会社についても、かわいいなどといった言葉は使えない。なにより私には、会社に対して責任がある。会社と社員に対する責任が」

小百合も、以蔵も、リコも黙ったまま清に視線を注いでいた。

「私は、息子だから直樹を社長にしたのではない。適性があったからだ。そして、これまで直樹は、その期待に応えてくれていた」

「今度のことだって、力に変えたらいいわけでしょう」と小百合が優しく諭す。「清会長は、それを伝えにきたんですから」

直樹が虚《うつ》ろに顔を上げた。

「申し訳ありません。僕の驕《おご》りでした」

清が息子に視線を送る。

「おまえは、利益目的ではなく宇宙ビジネスにチャレンジしたはずだ。その成果を、〝宇宙での開発は、実はハードルが低い〟などという言葉で卑下するな。おまえが本当に目指したところを、素直に言葉にしてみろ」

今度は直樹が、しっかりと清を見た。

「なによりメンバーの自信につながりました。自走するには、自信が必要です。〝俺でもできるな〟という自信がつくと、指示されて動くのではなく、自分から動きます」

清が頷く。

「それに、利益が出ないとも、一概には言えんぞ。宇宙ビジネスは、これで当社にとって初の実績ができたわけだ。一度実績をつくってしまえば、ほかの仕事ともつながっていく。先を読んだ営業展開をするのが、合理性というものだ」

直樹が頷き返した。

「宇宙ビジネスは、余白にあふれています。人工衛星内部の基盤だけでなく、いつかうちの会社独自で人工衛星そのものをつくりたいんです」

「日原製人工衛星を打ち上げるか、それはまたずいぶんと大きな余白だな」

清が声を出して笑った。

「清会長」と小百合が声をかける。「もう直樹社長をクビにするなんて言わないですよね」

彼が押し黙る。

小百合がさらに告げた。

「直樹社長は自らの誤りに気づき、自らを正そうとしています。アータに強制されてではなく、自覚し、努めようとしている。それが人間の成熟というものです」

「分かった」きっぱりと清が言う。「この際、私も直樹と大人同士の関係を築くこととしよう。代表取締役の権限を手放す。今後は、直樹だけが代表取締役だ」

直樹が、さっと清に顔を向けた。

「会長――」

清がゆっくりと頷く。

「なまじ代表権を持つ者がふたりいたせいで、こちらにすり寄ってくる社員がいた。私がいい顔をしないと、今度は競合他社に機密を漏らすようになった。本社の工場長と営業部長は、信じていただけに残念だった」

彼らは宇宙ビジネスに反対し、直樹社長に粛清《しゆくせい》されたのではなかったことをリコは知った。

直樹が、清の背後に静かにたたずんでいる男性社員に向かって改めて言う。

「菓子さんは、てっきり僕の代わりに東京本社を管理するため、会長が連れてきたのだと思っていました」

「滅相《めつそう》もないことでございます」

恐縮した様子で彼が両手を胸の前で広げた。

清が笑みを交えて言う。

「彼には、私が癇癪《かんしやく》を起こした際の仲裁役になってもらおうと思っていたんだ。ところが、あちらの方がその役を務めてくださった」

一同が小百合に注目した。

「アタシャなにもしていませんよ。清会長のお気持ちは最初から決まっていたんですから」

それが昨日の「へえ、向こうからやってきたかい。やっぱりね」という小百合の言葉の意味だったのだ。彼女は分かっていたのだ、直樹がひたすら父を尊敬し、清がひたすら息子を心配していたことを。彼女に報告していた自分たちには、見えていなかったわけだが。

「菓子君が、春から東京本社での勤務を希望しているのは確かだ」

と清が直樹に伝える。

すると清の背後にいる男性が慌てて、「いえ、まずそれも娘がこちらの高校に受かってからでして」と口にするではないか。

「菓子さんとおっしゃるんですか？」

思わずリコは、男性に向けて問いかけていた。

「ええ」

彼が、なんだろう？　といった感じで応える。

「浜松からいらして、お嬢さんが東京の高校を受験する菓子さんですよね？」

と重ねて訊く。そう自分は、失敗してもいいと小百合から言われているのだ。


「似てる？」

「似てますか？」

ふたりは会った途端に、もう仲よくなっていた。

「似てるかもです」

とリコが言うと、「あー、電車の一件の時にも、どっかで会ったよーな……って思ったんだよな」と以蔵も同意を示す。

「あの時には、大変お世話になりました」

丁寧にお辞儀したのは、武蔵桜駅で「お名前をお聞かせ願えますか？」と、以蔵にすがった女性だった。そう、以蔵が救ったヴァイオリンケースの女の子の母親である。

コキン部分室の三人は、おひさまスーパー西郊店に来ていた。

リコは思わず笑顔になる。

「ミノリさんとは初対面だったのに、あたしも以前に会っている気がしたんです。でも、それって、田村さんに似ていたからなんですね」

するとと、ユウカとミノリが再び顔を見合わせてほほ笑み合った。

ミノリは第一志望のテーゲー大音楽学部付属音楽高校の受験日の前に、なにかトラブルに見舞われた場合を想定し、ひとりでも受験会場となる高校に行けるよう予行演習していた。そうして武蔵桜駅に向かっている途中、あんなことに巻き込まれたのだ。彼女の母親は先に武蔵桜駅で待っていたと聞いて、リコの中で謎が解けた。

「やあ、これはこれは」

そこに、近所に住む菓子と厚子夫妻がやってきた。菓子の息子、邦彦《くにひこ》が電話して呼び出したのである。

菓子は、久しぶりに会う以蔵とリコに懐かしげな目を向けた。

「こんにちは」

驚いたことに、ユウカが菓子に気さくに挨拶しているではないか。

「いや、あれからたまに話しをするようになりましてね。田村さんのほうから声をかけてくれたんですよ」

菓子がいかにも嬉しそうに述懐した。

先ほど、まず佐藤店長に挨拶した。すると、満足げに佐藤が話してくれた。「すぐに気持ちを昂らせては涙をこぼしていた田村が、すっかり変わりましてね。何事にも積極的になったんです。店内のイートインコーナーは、コロナの影響で閉鎖してたんですけど、彼女が、〝飲食をしない形で、お客さまにご利用していただきたいんです〟と言ってくれましてね。〝店内でせっかく寛げる空間だし、テーブルや椅子の除菌は、責任をもってあたしがしますから〟と」――それを聞いて、小百合がユウカに告げた「人は、考えて、積極的に行動することで強くなれるんだよ」という言葉をリコは思い出した。

佐藤に、ユウカがイートインコーナーにいることを聞き、邦彦夫妻とミノリとともに向かう。するとユウカは、除菌作業中だった。

菓子は、ユウカや以蔵、リコには気さくに話しかけるのに、邦彦たちのほうはまともに見られないようだ。邦彦も同様だった。先ほど、日原電子の社長室で、父親を知っているとリコが邦彦に伝えたら、「仲違《なかたが》いしているわけではないんですが、父と疎遠になってしまっているんです。私だけで会うのは決まりが悪いので、一緒に来てもらえないでしょうか」と言い出したのだった。清会長にも、「私たち親子の問題も解決していた

だいたわけだし、この際よろしくお願いします」と頭を下げられた。すると小百合も、

「アタシたちは、すべての働く人の味方さ」と応じたのである。邦彦は妻に連絡し、合流してここにやってきた。だから斬り込み隊の三人は、勝負マスクを着けたままだった。

厚子が息子の邦彦に向かって言う。

「どうしたの？　おひさまスーパーにいるからなんて連絡してきて。うちに来ればいいじゃないの」

厚子はギプスが外れたようで、もう右足を引きずってはいなかった。

「なんだか敷居が高くなってしまって……」

邦彦が厚子に言ってから、今度は菓子のほうを見る。

「親父、なかなか連絡できなくてすまない。東京に転勤になったら、住むところをどうするかとか、いろいろあって……」

菓子が首を振る。

「俺もいらんこと言うてしもて、後悔しとったがやぜ」

すると今度はミノリが謝った。

「おじいちゃん、あたしも受験のことで頭がいっぱいで、ごめんなさい。でも、どうし

てもヴァイオリンを本格的に勉強したくて」

菓子がなんとも愛しげに孫娘を見る。

「ミノリは大好きなことを勉強するがやな」

小百合が菓子に向かって穏やかに話して聞かせた。

「アタシの知る限り、独立した子どもの家庭問題に親が頼まれもしない助言をして的を射ていた試しはないよ。今後は、よけいな口出しはご無用に」

続いて邦彦を見る。

「アータも、両親への敬意を忘れず、きちんと連絡すること」

そして、ふたりを交互に見て、「あとはお互い直接話すのがいいだろうね」と言った。

小百合が振り返って、以蔵とリコに告げる。

「さあ、帰還しよう」

第六章　潜入調査

1

「よし、間宮、行け」

運転席にいる土井垣《どいがき》の声に、リコはドアを押して飛び出す。道路維持作業車は、黄色い車体の両側面と前と後ろに白い帯が引かれたトラックだ。運転台のルーフには黄色いパトランプが載っている。

リコは白いヘルメットを被り、土木部の薄水色の作業服の上に蛍光イエローの高視認性反射ベストを着ていた。足もとはつま先を金属板で補強した安全靴で固めている。ヘルメットの後ろからは、ポニーテールにした髪が覗いていた。もちろん、マスクは着けている。

トラックの荷台からオレンジ色の三角帽子のようなカラーコーンを下ろし、まずは通行規制した。そうして、道路に空いた穴ぼこ《ポットホール》を竹ぼうきで入念に掃除し、砂やゴミを掃きとる。次にガスバーナーでポットホールの中を炙り、水分を飛ばす。ゴミがあったり、水たまりがあると合材がうまくくっ付かないのだ。そして、いよいよポットホールに常温合材を入れる。「常温合材」は、土木部道路管理課内で使われているネーミングだ。すなわち、ホットでないアスファルトである。

ポットホールを合材で埋めたら、金属の棒の先に平らなプレートが付いたタンパで、表面をしっかりと締め固める。以上が、道路に空いたポットホールを修繕するパッチングだ。一連の作業をリコひとりで行う。自分は確かにまだ若い。今年で二十五歳になるわけだが、もちろん充分に若い。でも、ちょっとくらい手伝ってくれたっていいんじゃないのか？　と、またしても心の中でぶーたれる。リコが作業している間、土井垣は運転席からただ眺めているだけだった。このオヤジは、目の前で女ひとりに力仕事させて平気なやつなんだ。女とか男とか言い出すのが、この時代に合っていないことは分かっている。だけど、そう言いたくもなる。やっぱりパワハラ情報はほんとなのかもしれない。

主任技師の土井垣は、四十五歳。ヘアスタイルは今どき珍しい角刈りで、陽焼けした鬼のような近づきがたい風貌をしている。グレーのマスクを外して顔を見せた瞬間、リコは「オー・マイ・ガッ！」と声に出さずに叫んでいた。

作業を終える頃、土井垣がクルマから降りこちらにやってきた。パッチングした表面を見下ろし、安全靴の先で踏んで出来ばえを確認する。

「うむ。まあ、いいだろう」と気のない感じで呟き、「交通開放しろ」と命じた。

リコは修繕現場を竹ぼうきで掃き清め、道具を片付ける。

路上に幾つか並べたコーンをひとりで撤収し、荷台に戻すと道路維持作業車の助手席に戻った。

「道路ってぇのは、もっとも身近な交通施設だ」

土井垣が言う。

「施設ですか？」

訊き返すリコに、「そうだ」と彼が応える。

でも、施設って、建物とか設備じゃないのかい？　とリコは思う。

「道路は空気と同じで、あって当たり前のようなもの。だから、誰もその存在を意識しねえ。だがな、施設である以上、メンテナンスが必要なんだ」

　土井垣が作業車を発進させ、巡回を再開した。

「道路は、多くの者が共同で使用するものだ」

　土井垣のように、道路を〝施設〟とか〝使用するもの〟という観点で捉えたことはなかったな、と考える。それはやっぱり彼が言うとおり、自分にとって道路は〝空気と同じで、あって当たり前〟だったからだ。しかし、その道路、確かに我々にとってなくてはならないと改めて考えさせられる。それこそ空気のように。

　東京都つつじ市には国道、都道、そして市道が走る。つつじ市役所の道路管理課は、市道の新たな整備、維持管理、改良といった業務を担っている。

「もともと道路ってよ、原始人が食い物を求めて、往き来してるうちに自然とできたのが起源らしいや。ほらよ、歩いてるうちに草や木が踏み分けられたりしてな。そうやってできた小道なんだと」

　運転しながら土井垣が言う。ハンドルを握る右手の小指が、いつもぴんと立っていた。それを横目で眺めつつ「へん、キザったらしいぞ」とリコは思うのだ。「鬼瓦みたいな顔してるくせに」と。

リコが業務実態調査の名目で、つつじ市役所道路管理課に一ヵ月間の体験職員として三月一日付で異動してきて半月が過ぎていた。その間に行ったことといえば、来る日も来る日も道路を維持するための点検と修繕ばかりだった。つつじ市の市道は全長三五六キロ。それをひたすら黄色い道路維持作業車で巡回する。ほかにも三台の作業車がコースを決めて巡回していた。その巡回の中で、道路のポットホールが一日五ヵ所は平気で見つかる。

「本来あってはならないことだがな」——ポットホールが見つかるたびに土井垣が口にする言葉だ。

その本来あってはならないことは、ハンドルを切ってクルマが曲がったり、急に止まったりが頻繁に繰り返され、道路に負担のかかる部分で起こる。細い道では、ひっきりなしにクルマの往来があるからやはり起こりやすい。

先ほどのようなポットホールであれば、パッチングで修繕できた。道路にひび割れができてしまうと、ダンプに積んだ釜でどろどろに溶かしたアスファルトを注入する必要がある。さらに悪化した場合には、路面を剝ぎ取って修繕する打換《うちかえ》が必要だ。そうなると舗設《ほせつ》には、平板を振動させて締め固めるハンドガイド式の振動コンパクタでは済まなくなる。アスファルトフィニッシャーや四トンコンバインドローラ、一〇トンタイヤローラといった重機にお出まし願わねばならなくなるのだ。それから舗設とは聞きなれない言葉だが、アスファルトを地面に敷くことである。……といったことを、いつの間にかリコは覚えてしまった。作業服にヘルメットも、いつの間にかサマになっているかもしれない。

「土井垣さんは、たくさん資格を持っているんですよね？」

と訊いてみる。

「いいかげんガキと呼べ」

と言われ、「では、ガキさん」と改める。課の人たちは、皆そう呼んでいた。

「車両系建設機械運転、玉掛け、小型移動式クレーン運転、高所作業車運転」

土井垣が、自分の持っている資格を歌うように並べた。

教えられたところで、リコにはそれらの資格がどのように役に立つのか分からないのだけれど。

「高所作業車の出番なんてあるんだろうか、と思ってねえか？」

「あ、いえ……」

だから、分かりませんから。

しかし、リコの戸惑い顔などお構いなしに土井垣が続けた。

「道路管理をする以上、交通に支障を与える障害物に対しては応急処置を行う必要がある。手の届かねえところにある街路樹の枝を、リフト車で伐採するんだ」

そこまで言ってから、再びリコの顔を見る。

「今おまえ、市にリフト車なんてありませんよって思わなかったか？」

ですから、分からないんで。

「いいか問宮、できるかどうかが問題なんだ。運転ができれば、リフト車をレンタルしてもいい。業者に委託した場合でも、監督していて指示も違ってくる。もしも業者のオペレーターが腹をこわしたら、代わりに運転席に座れるしな」

郵便局のある交差点手前で渋滞に引っ掛かると、土井垣が助手席にいるリコに一瞬顔を向けた。

「市にリフト車やユンボはないが、道路舗装に必要なスタンダードな重機については所有している。一〇〜二〇メートル程度の打換なら市の職員で対応できるが、規模が大きくなると工事業者に委託しなければならない。だから日々の巡回を怠らず、不具合が見つかればパッチングで修繕している」

だったら手伝ってよ、とリコは思うのだ。パッチングの作業をすっかりこちらに押し付けて、自分はのんびり眺めてるだけじゃないか。


帰庁すると、疲れ切ったリコは終業時刻きっかりに道路管理課を出た。コキン部と同じく、八時半〜十七時十五分がつつじ市役所の勤務時間である。

更衣室で作業服からスーツに着替え、四階エレベーターに乗り込むと、上から降りてきた数名の職員の中に、後ろ髪の長い知った顔があった。一階ロビーでエレベーターから出ると、以蔵に向かって、「お疲れさまです」と声をかける。

「お疲れ〜」

と以蔵がいつものように脱力した調子で返してきた。相変わらずネイビーのジャケットにグレーのパンツ。薄いブルーのボタンダウンシャツに黒のニットタイという姿でコートはなしだ。黒革の手袋だけは、まだしていたけれど。そんな姿を見て、なんだかほっとする。

エレベーターから降りたほかの職員が帰宅するため通用口に向かう中、立ち止まって以蔵としばし向き合う。

「どっかで、軽く話していくかー」

「そうですね」

ふたりで肩を並べて職員通用口に向かう。

「よ、お揃いで、これからデートか？」

時間外窓口から、警務員の猪俣《いのまた》が待ってましたとばかりに声をかけてくる。施設の防犯を担当する制服姿の警備員とは異なり、婚姻届などの二十四時間受付などを行う。首から職員証を掛けたネクタイなしの白いシャツにグレーのジャケット姿、ごま塩頭を短く刈った猪俣は、嘱託職員としてこの仕事に就いている。

以蔵はスルーしたが、リコは、「そんなんじゃないですよ！」と強く否定する。

猪俣のほうはまったく聞く耳を持たず、「かぁー、そうやってむきになるところが怪しいぜ、マンマミーアちゃんよ」とはやし立てた。以蔵が「マンマミーア」と呼んでいるのを耳にした猪俣も、そう呼ぶようになったのだ。

「業務実態調査かなんか知らないが、こうして終業後にロビーで落ち合うなんぞ、労働局の男女は情熱的だねえ。ふたりで時々、向かいに入るとこを見てるぞー」

〝向かい〟というのは、ショッピングセンターのことだ。一階にあるカフェで、以蔵とリコは時々情報交換している。

「アウェーだからこそ燃え上がるラブ。乙《おつ》だよな〜」

とんだセクハラ発言だが、もはやリコは相手にせず、「失礼しまーす」と通用口を抜けた。

「どんな感じだー？」

カフェで、豆乳とバナナのミックスジュースを飲みつつ以蔵が訊いてきた。手袋をしたままジュースを飲んでいる。

脱いだコートとトートバッグを隣の椅子に置いて、リコは無言のままため息をついてしまう。

以蔵が、にやりとした。

「土井垣さんて、道路管理課のレジェンドなんだってなー。現業職から技術職に配属された職員なんて、つつじ市役所には前例がないってー」

つくづく感心したようにそうもらす。

道路管理課の業務は、事務職、現業職、技術職に分かれる。土井垣は、中途採用の現業職員としてつつじ市役所に入庁した。その後、技術職に取り立てられたという異例の人物である。その土井垣は、新人職員を教育と称して必ず道路維持管理の巡回に連れ出すという。事務職であっても、技術職であっても例外はない。必ず現業の実習をさせる。

昨年の四月、設計の技術職で採用された新人職員が、やはり土井垣に現業作業に連れ出され、そこでパワハラを受けたとして辞めてしまった。市の人事委員会が調査したところ、パワハラは認められなかった。だが、その辞めた職員の補充として、来月からの新年度には道路管理課の技術職に新人が入る。そうなれば土井垣の教育が行われ、またもや新人が辞めてしまうかもしれない……。市からの要請で、コキン部分室が動くことになったのだ。

「市からの要請って、市の誰よ?」とリコは強い口調で不満を並べる。「その〝教育〟っていうのを、市がやめさせればいいだけなんじゃないですか? そもそも〝教育〟って言葉自体がヤですよね。なんか高圧的だし」

「土井垣さんは、レジェンドって呼ばれてるベテラン技師だー。頭から、彼の教育指導を否定できないー。そこでまず、どんなことが行われてるのか把握しよーと。それが、この潜入調査の目的だあ」

「レジェンドかなんか知らないけど、ガキさんとは毎日一緒に現場に出てます。それで毎日、道路の修繕工事をひとりでやらされてます。おまけにクルマの中では、道路あるあるネタを聞かせられて……。これってパワハラといえば、そうなるかも」

「〝ガキさん〟って、すっかり師弟関係になってネ？」

リコは、もう一度ため息をつく。

「だいたいどうしてあたしが、現業作業なんですか？　肉体労働なんて、ぜんぜん向いてないのに」

「だからサユリさんは、おまえを指名したんだろ。マンマミーアのとろい動きに、土井垣さんがキレて本性を現すだろうって」

「こっちが労働局の業務実態調査なんて名目を用意したところで、ガキさんは自分のやり方を変えたりしませんから。もう充分に本性を現してますよ」

リコは盛んに訴える。

「一度パワハラの疑いがかかった以上、こうやって労働局が入れば、自分の行う新人教育が問題視されてるのは分かってるはずです。それでもガキさんは、あたしに対して特別扱いなんてしません。今のやり方が、まさに徹頭徹尾ガキさんの新人教育なんです。

ほんとにこんな教育が必要なんでしょうか？」

「それを見極めるのが、おまえの仕事だー」

リコは押し黙る。

「あと、そのコップの持ち方なんだ？」

指摘されて、自分の右手を見ると小指が立っていた。

「ヤダ」

慌てて左手を添え、小指を曲げる。ガキさんのが移っちゃったよ。ニンジンジュースを飲んだリコは、ずっと頭の隅にあることを口にしてみた。

「今回の単独調査って、サユリさんがあたしをテストしてるんじゃないかって」

「テストって、なんのヨ？」

「あたしが、使い物になるかどうかの」

以蔵が鼻で笑う。

「〝単独調査〟ってゆーけど、俺もここに来てるー」

「道路管理課の新人教育の業務実態調査だけだといかにも見え見えだから、ジョーさんはダミーで総務課の新人教育を受けてるわけでしょ」

「ダミーって、おまえねー」

「ところで、ジョーさんはどんな仕事してるんですか？」

「古い書類をずっとパソコンに入力してるー。俺、事務仕事なんて向いてねえのにー。ひたすら、眠気との闘いだあ」

以蔵の愚痴を無視して、「あたし、不審と疑問でメンタルやられちゃいそうですよ」とこぼした。

2

今日も今日とて、黄色と白の道路維持作業車で朝から市道を巡回していた。

市民から道路の不具合について役所に連絡が入ると、担当する地区を巡回中の道路維持作業車に電話が入る。その連絡は、教育を受けているリコのスマホにかかってくるようになっていた。

「見えますか〜⁉」

脚立に上ったリコはカーブミラーのボルトを緩め、鏡面の方向を調整する。

「よーし、いいだろう！」

さすがの土井垣もクルマから降りて作業に協力する。といっても、ミラーの角度が合っているかどうかを見るだけなのだが。

市民から「カーブミラーが曲がっている」という連絡があって、急行してきた。大型車両と接触してあらぬほうを向いてしまったのかもしれない。カーブミラーについても、古くなって曇っているといった連絡があったり、巡回で不具合を見つけたりする。あまりに見えづらくなった鏡面は、新しいものに付け替える。ちなみにカーブミラーのミラー部分は、円形の樹脂にアルミを吹き付けて鏡面にしたものだ。

調整を終えて脚立を荷台に戻し、リコは再び助手席に乗り込んだ。

ふと、土井垣が言って寄越す。

「なあ間宮、業務実態調査かなんか知らんが、おまえも一ヵ月、こうやって俺の新人教育を体験するわけだ。その成果を出してもらいたいものだな」

はん、あたしの一ヵ月の成果は、このバカバカしい新人教育をやめさせることだ。そして、サユリさんから課された単独調査というテストに合格することだ。

彼が、作業車を発進させる。

「琥珀《こはく》の道って、知ってるか？」

土井垣に急に振られ、戸惑いながら、「いえ」と返事する。

「紀元前一九〇〇年頃、北ヨーロッパで産出された琥珀を地中海沿岸地域へ運ぶため、当時の商人が定期的な通商を行った道路だ」

出た！　また道路あるあるネタだ。

「ほぼ同時期に中国の長安とヨーロッパを結ぶ絹の道《シルクロード》ができた。琥珀の道もシルクロードも、物資や人の移動だけでなく、文化の交流にも大いに貢献した」

もしかしたら、この人って道路ヲタク？　以蔵がテツで建築&プロレスヲタクであるように。

「〝すべての道はローマに通ず〟って言葉、聞いたことあるよな？」

「はあ」

「古代ローマ帝国がイタリア半島を統一後、勢いに乗ってヨーロッパのほぼ全域とその周辺国家を治めた。その盛時、国家政策として道路整備に力を入れ、広大な土地に道路を張り巡らせた」

やっぱ道路ヲタクだ。勘弁してよ。そんなのよか、この調査がテストなんだとしたら、サユリさんはあたしを信用してくれてないってわけで……。

リコの逡巡などおかまいなしに、土井垣が話を続ける。

「世界各地からの道がローマに通じていたところから、多くのものが中心に向かって集中しているたとえとなった。転じて、ひとつの道理はあらゆることに適用されるの意味で用いられる」

ふと気づいてリコが、「あれ、目的までの手段や方法は何通りもある、の意味じゃないんですか？」と言い返す。

「真理はひとつである、って意味で使うやつもいるな」

「そのわりに、真理がひとつじゃないし」

「よく分からねえことわざだな」

「ほんとに」

ふたりで声を上げて笑った。なんだか、ちょっとだけ心が通じ合えたような気がした。すべての道がローマへと通じていたように。

「ガキさん、去年の四月に入った男性職員を新人教育して、パワハラで訴えられたって」

リコは思い切ってそう言ってみる。

「その件なら、人事委員会の喚問を受けてパワハラでないと認定された」土井垣が真っすぐ前を向いたままで言う。「おまえが来た本当の理由は、その件の再調査なのか？」

「いいえ」

もちろんそう否定しておく。

「〝パワハラは事実確認が取りにくい〟と人事委員会から言われた。〝証拠がないから、白にしておく〟とクギを刺された格好だ。俺を完全には信用していないようだからな」

この人も、不審と疑問の中にいるのかもしれない。

「本当にパワハラをしていないんですよね、ガキさんは？」

「むろんしていない。あの辞めた新人は、他者との意思疎通のはかり方に問題を抱えていた。自分のルールに照らし合わせ、ハラスメントに貶《おとし》めることで、俺との力関係をイーブンに持っていこうとしていた。彼には、メンタル的なケアが必要だ」

その時、リコのスマホが鳴る。

「はい、間宮です」

道路管理課の事務員からだった。電話を切ると土井垣に、「市民の方から通報がありました」と告げた。

土井垣とリコは、X字型の専用工具のグリップを双方から握り、「せーのっ!」と掛け声を合わせた。そうして、道路の側溝のコンクリートのフタを持ち上げる。通報は仲《なか》村《むら》さんという六十代で顔と身体の細い主婦からで、住宅地の市道——課内では生活道路と呼んでいた——の側溝にクルマのキーを落としてしまったらしい。

フタが外されたU字側溝を覗き込んだ当の仲村さんは、「あ、ありました」と言うだけで、拾おうとしない。雨水用の排水路で、底になにも溜まっていないのだが、汚いと感じているのか手を入れたくないらしかった。リコはしゃがんでキーを拾うと、彼女に手渡す。

「ありがとう」仲村さんが言う。「買い物に行こうとして家を出たら、うっかり落としちゃって。そしたら、フタとフタの隙間にスポッと」と、屈託なく笑った。

フタは六〇センチ×四〇センチ。分厚くて、重量は二〇キロ以上ある。細い彼女に外せるはずがなかった。隙間というのは、フタの手掛け穴のことだろう。そこに、専用工具のツメを引っ掛けると、土井垣と再び声を合わせ、フタを溝の上に戻した。「痛《い》つつ……」と、彼が腰を押さえる。

「大丈夫ですか、ガキさん？」

リコが言葉をかけると、心配するなというように手で制した。

「これな、腰やっちゃうから、おまえも気をつけろ」

と逆に注意を促される。

クルマのキーが戻った仲村さんが、「わざわざありがとう」と、ふたりに向かってもう一度礼を言った。

「なにかあったら、いつでも連絡してください」

土井垣が珍しく紳士的な口調で彼女に告げると、作業車に乗り込む。一礼して、リコも助手席に戻った。

その後も巡回を続け、ポットホールのパッチングをし、帰庁する。

「ガキさん、思いついたことがあるんです」

土井垣の机の横にリコは立った。道路管理課は、庁舎の四階にある。都市整備課、下水道課などの土木部門が集まるフロアで、ほとんどの職員が薄水色の作業服にワークパンツ姿だった。やたらとカウンターが並んでいるのはどこも一緒だが、階によってまったく雰囲気が異なるのが市役所というところだ。

「どうした?」

と、パソコンで日報をまとめていた土井垣がこちらに目を向ける。

「道路の不具合を、市民の方に通報してもらうアプリを市で提供するサービスです」

スマートフォンが持つカメラやGPS、メールの機能を利用して、市民が町の不具合を手軽に通報できるシステムがあってもいいのではないだろうか。「道路に穴ぼこが空いている」「カーブミラーが傾いている」「ガードレールが壊れている」「倒木などで道の通行ができない」そういった不具合を、市民の力を借りることで、早期に解決、改善することを可能にするのだ。

「あたしたちの巡回だけだと、気づかないところもあります。市民の方の通報により、町の隅々まで目が行き届くようになるのでは?」

土井垣は腕を組んで聞いていたが、「市民の皆さんが役所の総合受付に足を運んでくれたり、電話で不具合を通達してくれるが、情報がまちまちなこともある。確かに、もうひとつのチャンネルになるかもしれねえな」と言う。

リコも頷き返す。

「写真で不具合を報告していただければ、補修のためにどんな部材が必要かが、一度現地に足を運ばなくても分かります。二度手間にならないというわけです」

土井垣も頷いた。

「だが、あと一歩だな」

そう言うと、再びパソコンに目を戻してしまった。

……て、どういうこと？　めっちゃいいアイディアだと思うんだけどなあ。

「なんだ？」

まだ傍らに立っているリコのことを不思議そうに見やる。

「ガキさんが、なぜ新人教育として現場の仕事をさせているのか、その意味が少し分かった気がします」

「ほほう」

「現場に出ることで、こうしたアイディアに結び付けるためですね」

「違う」

ひと言で斬って捨てられた。

「間宮、今日あったことを思い出してみろ」

「ですから、通報を受けてカーブミラーを直しにいきました。鏡面の角度の調整だけで済みましたが、部品が必要だったら、役所に戻って出直す必要がありましたよね。それで、このアプリを思いついたんです」

だが、土井垣はそれ以上取り合おうとはしなかった。

市が所有する重機は、庁舎前駐車場の片隅の公用車置き場ではなく、徒歩数分のところにある車両置き場が定位置だ。道路管理課の現業職員は、朝礼を終えると揃って車両置き場に行き、作業用途に合ったクルマにふたりずつ乗り込んで現場に向かう。小雨が降る中、土井垣とリコはバキュームダンパーに乗り込んだ。泥水を回収する吸引機とタンクを装着したトラックである。

郵便局前の交差点で、ふたりの乗ったバキュームダンパーはまたしても渋滞にはまった。

「渋滞とは、道路が持っている交通容量を超える交通需要が到着した時に、クルマをさばききれなくなって上流に滞る状況をいう」

運転席の土井垣が、雨の降り続く前方を見据えて言葉を発する。

その横顔をちらりと見やり、また始まったとリコは思った。

「道路で、いつも混雑するところをボトルネックという」

「まさにここですね？」

とリコが言うと、「そうだ」と土井垣が頷く。

「高速道路でのボトルネックの多くはサグ区間——下り坂から上り坂に切り替わる部分だ。ドライバーは、わずかな上り坂に気づかず、アクセルを踏まないから速度が低下する。後続車は前方車との車間距離が縮まるから、車間を確保しようとしてブレーキを踏む。この連鎖が、やがて渋滞となる」

「この片側一車線の市道は、沿道にお店や家が立て込んでて、道路の拡幅なんてとても無理って感じ」

今日は市民からの通報で、側溝の排水管掃除に出向いてきた。ふたりで、重いコンクリートのフタを外す。そのあとで相変わらず土井垣が、「痛つつ……」と腰に手を当てていた。

大雨になると、生活道路の側溝に水が溜まるらしい。幹線道路から分岐した一車線道路を、課内では接続道路と呼んでいる。生活道路が接続道路とつながっていた。コンクリートのU字側溝の先が管になって、その接続道路の下に潜り込んでいるのだ。管に泥が詰まって、水があふれるらしい。

「使い方は分かるな」

バキュームダンパーには、管トラブルの対策ツールがセットになって積まれている。そこから、回転式ワイヤーのパイプクリーナーを渡された。

「はい」

ずしりと重いそれを両手で抱える。以前にも同様のケースがあった。側溝にしゃがみ、金属性の大きなT字形ハンドルを回して、先がコイル状になったワイヤーを管にねじ込んでいく。そうやって固まった泥をほぐし、バキュームダンパーのホースで吸引するのだ。

そぼ降る雨の中、作業を続ける。土井垣も自分も作業服の上にカッパを着込んでいた。幅員四メートルほどの接続道路の下にある管の奥へとワイヤーを進める。

「ゆっくりだぞ、間宮」

隣にしゃがんでいる土井垣から指示が飛ぶ。

分かってますって。ヘルメットを伝って雨粒が顔にかかる。鬱陶《うっとう》しいなあ、もう。雨脚が強くなり、側溝に水が溜まってきた。自然とハンドルを回す手が早まる。スルッと手が滑った。ハンドルを放してしまう。

「あっ！」

管の中でワイヤーが猛烈な勢いで逆回転を始める。どうやら、ワイヤーが途中でたわみ、ねじれがたまっていたらしい。重たいハンドルが暴れ、リコの顔に向かって飛んできた。

カッコーン！　雨がそぼ降る中、乾いた音が響き渡った。土井垣の頭ががくりと傾く。

リコの頬は、濡れたカッパに押し付けられていた。とっさに彼にかばわれたのだ。

「ガキさん！」

ハンドルが土井垣の頭に当たったらしい。

3

作業を終えて車に戻ると、「いい音がしたな」と土井垣が笑う。ハンドルが彼のヘルメットに当たった時の音を言っているのだ。

「セクハラ教官に抱きつかれた、なんて言いふらすのはよしてくれな」

冗談めかすのは、しょぼくれているリコを元気づけようとしているのだ。

運転席の脇の物入れからウエットティッシュのケースを取ると、「顔に泥が付いてるぞ」とこちらに差し出す。

リコは軽く頭を下げ、一枚引き抜くと、バックミラーに映して汚れを拭《ぬぐ》った。そうして、「すみませんでした」と改めて謝る。

「まあ、怪我がなくてよかった」

土井垣がクルマを発進させる。

「俺はよく怪我したよ」

「現場で、ですか？」

「いや、バイクでだ」

「バイク——オートバイ？」

彼が頷く。そうして語り始めた。

土井垣の母の弟がバイク好きで、モトクロスを楽しんでいた。その叔父は近所で自動車整備の工場を営んでいて、少年時代の土井垣はよく遊びに行った。叔父が運転するバイクにも乗せてもらった。そんな影響もあり、十六歳になるのを待ちかねて中型自動二輪の免許を取った。叔父から古い二五〇ccをもらい、乗り回す。ただ当時、バイクは不良が乗るものといったイメージがあり、近所からよく思われない気がして、家から離れたところでエンジンをかけたりした。

高校でバイク好きの仲間ができた。特に熱心なのがひとりいた。彼——佐伯《さえき》の発案で、耐久レースにも出た。長い距離を交替しながらサーキットを走るレースだ。高校を卒業すると、佐伯は高速を競うスプリントレースに本格的に挑んだ。彼は、バイク中心の生活を選んだのだ。

だが、土井垣はそこまで踏み切れなかった。大学に通いながら、休日に行われる五〇ccのミニバイクレースに出た。すると、そこそこの成績を出していた土井垣は、ミニサーキットのオーナーに目をかけられた。大学の授業の空き時間にサーキットで仕事を手伝いながら、トレーニングする。いつしか、全日本選抜に出場することが目標になり、オーナーにミニバイクから一二五ccのバイクに転じるよう勧められた。ところが、土井垣は伸び悩んだ。最初は燃料やバイクのサポートをしてくれたオーナーだったが、成績が振るわないと去っていった。そうなると、すべてを自腹で賄《まかな》わなければならない。アルバイトに費やす時間が多くなった。

「レース結果が芳しくないままに、バイクとアルバイトに明け暮れた大学生活が終わろうとしていた。卒業後は、仕事中心の生活にするか？　バイクを選ぶか？　当然親は、どこかにきちんと就職しろと言ってきた。バイクで食えないのはもちろんだが、朝、〝行ってきます〟と言って家を出た息子が、包帯を巻いて帰ってくることが何度もあった。そっちのほうを、おふくろに心配されたんだ」

こんな鬼みたいな顔してる土井垣にも、母親はいるんだな。ま、当然だけど。

「さっきガキさんが言ってました、〝よく怪我したよ〟と」

「ああ」

と彼が頷く。

「たとえば、この小指な」

　とハンドルを握っている右手に目をやる。

「転倒した時、バイクのハンドルに挟んで骨折した。もう曲がらん」

　そうだったんだ！

「あと、左手の親指も脱臼骨折した」そう言ってから、「痛いのは鎖骨だ。動かすことができずに病院に行くと、着ていた革のつなぎを切ると言われた。高いんだレーシングスーツは。それで、うめき声を上げながら脱いだ」と顔をしかめる。

　悪いと思いながら、リコはくすりと笑ってしまう。作業車は、郵便局前の交差点の渋滞に巻き込まれていた。

「大学卒業後は、橋の設計施工を行う民間企業に就職した。現場監督に付いて、施工管理を行うのが俺の仕事だ」

「バイクはやめたんですか？」

　土井垣が首を振った。

「諦めきれなかった。中途半端に続けていたよ」

　ふと彼が視線を落とす。

「二十八歳になった時だ――」

プロのオートレーサーになっていた佐伯が事故で死んだ。レース中ではない。クルマを運転中、飲酒運転が原因の事故に巻き込まれたのだ。土井垣は人生の儚さを痛感した。そして誓った。三十までに全日本選抜で走る、と。そのために、つつじ市役所の中途採用に応募した。年齢制限から技術職には就けなかった。現業職での採用となった。

「就職先に市役所を選んだのは、余暇の時間が確保できると考えたからですか？」

とリコは質問する。

「転勤がないからだ」

彼が即答した。橋梁《きょうりょう》の工事は転勤が多い。そのたび、バイクとクルマと一緒に、日本中あちこち移動しなければならない。ひとつ場所に留まって、じっくりトレーニングがしたかったのだ。そして、予選に挑んだ。全日本選抜がもうすぐ見えるところまで勝ち抜いた。

「だが、結果はダメだった」

息を凝らして聞いていたリコは、そっと呼吸する。

「勝つレーサーはコーナーの立ち上がりが早いんだ」

「立ち上がり、ですか？」

彼が頷く。

「オートレースは、寝てコーナーを走り抜ける。寝ている体勢からいかに早く立ち上がって、直線を走れるかだ。勝つレーサーは、コーナーへの侵入速度も速いし、立ち上がりも早い。コーナーを抜けてからは真っすぐ走るだけなのに、どんどん引き離されていく。直線はバイクの性能が如実に出るんだ。レースに勝てば、スポンサーが付いていいバイクに乗れる。整備士も付く。レーサーは、トレーニングとレースの分析だけに時間が割ける。勝てば勝ち続けられるんだ。だからこそ勝ちたい」

その時、背後から救急車のサイレンが聞こえた。渋滞しているクルマたちが道の中央に寄って、救急車に片側を空ける。救急車はそこを通って、交差点を抜けていった。

この市道は一車線だけど、案外道幅が広いんだ、とリコは思う。

「さっきは、救急車の世話にならなくてよかったな」

と土井垣が茶化す。

「もう」

リコがむくれると、「いや、同じようなケースで鼻の骨を折ったり、前歯を折ったりした職員がいた」と彼が諭す。

それでリコも神妙な顔で、「ほんとに」と言い直した。

自分たちのクルマもようやく交差点を抜けると、「バイクには今でも乗ることがあるんですか？」と訊いてみる。

「買い物の時にスクーターに乗るだけだ」と土井垣が応えた。「レースから足を洗うというのが、かみさんが出した結婚の条件だった。今や中学二年生と小学六年生の女の子のパパだ」

昼食のためにいったん帰庁する。作業服姿のリコが庁舎地下の食堂に行くと、食券の券売機の前に以蔵がいた。

「おまえってさ、ラーメンのチャーシューをどのタイミングで食べる人？」

と、彼が訊いてくる。そして質問したわりにはリコの回答を聞くつもりはないようで、自分の流儀をどんどん話す。

「俺はさー、ラーメンの麺を三分の二くらい食べ進んだところで、チャーシューに行くかな。あ、いっぺんに全部は食わないよ。三分の一くらい齧《かじ》るんだ。そこに行き着くまでは、ただ、じーっとチャーシューを見つめながらラーメンを啜ってんの。ただ、じーっとさー」

そんな話をしていたわりに、買った食券はラーメンではなく、スパゲティナポリタンだった。まったく行動の読めない男だ。ジャケットからコードバンの黒い長財布を出し、千円札を引き抜いて食券を買うと、お釣りの硬貨をパンツのポケットから出した黒いコードバンの小銭入れに仕舞った。きっと形が崩れるから、長財布の小銭入れを使いたくないのだろう。

リコはカレーライスの載ったトレーをテーブルに置くと、以蔵の斜め向かいに座った。感染対策のため、席がひとつずつずれているのだ。

以蔵は無言のまま、例の機械のように正確な動きでスパゲティをフォークで巻き取っては口に運んでいる。と思ったら、リコのカレーライスの皿に目を向けた。

「やるじゃねーか」

ひと言そう呟く。

「え？」

「せん切りキャベツを、カレーのトッピングにするなんてなー。合うんだ、これが実にー」

この一年近く以蔵と行動を共にしているが、初めて褒められた。リコはテーブルの上にある柴漬《しばづ》けの入った容器を手にし、フタを開け、ミニサイズのトングで取って皿の端の福神漬けの横に載せる。福神漬けのほうは、カレーを皿に盛られた時点で食堂のおばちゃんが添えるが、柴漬けはテーブル上の容器に入っていて、自由に取ることができた。そして、マスクを外すとスプーンを取り上げる。

「潜入調査も残すとこあと四日かー」

以蔵が辺りをはばかり、小声でささやく。

「土井垣さんの新人教育について、おまえの報告はまとまったのかー？」

「継続か廃止か、まだ決定打になるようなものが見つかってないんですよね。ただ、ガキさんて、顔のわりに優しい人なんじゃないかって」

「ふーん」

しばらくふたりして、黙食を続けていた。

「あ、市長だ」

以蔵が、リコの背後に視線を送りつつ言う。リコが振り返ると、蕎麦《そば》かうどんの丼の載ったトレーを持って、市長があいている席に座るところだった。

六十八歳の市長は中肉中背、耳の上に綿毛のような白髪をわずかに残しただけで、あとは完全に禿げ上がっている。

もうひとり、癖毛の白髪を無造作に分けた、トレンチコート姿の男性が一緒だった。年齢は市長よりも少し上の七十歳くらいか。縁なし眼鏡を掛けた、学者のような風貌をしている。黒いナイロン製のビジネスリュックを背負い、やはり蕎麦かうどんの丼の載ったトレーを抱えている。

「誰ですか、あれ？」

食事を終えた以蔵に訊いたら、「うん？」と二度見した。

「誰だったかな……」

彼は呟いていたが、思い出せないらしい。紙ナプキンで口を拭うと、きれいな紙ナプキンでそれを包んで皿の下の見えないところにさりげなく置いた。こうしたところに、以蔵の育ちのよさのようなものを垣間見ることがある。

リコが再び振り返ると、男性は市長と席ひとつ分くらい空いている隣に座り、トレンチコートも脱がず、リュックも背負ったまま、丼の麺を啜り始めた。

降っていた雨は、午後になって上がった。土井垣とリコは道路維持作業車に乗り換え再び巡回に出ていた。そのリコのスマホに、事務職員から市民の通報を伝える電話があった。

指示された番地の生活道路に向かうと、「ありゃ?」助手席でリコは思わず声を出す。以前、側溝にクルマのキーを落とした仲村さんが待っていたのだ。

「また来てもらっちゃってすみませんねえ」

彼女が言う。今度は物を落としたのではなかった。

「ほら、聞こえませんか?」

と言われ、リコは側溝の脇にしゃがんで、耳をそばだてる。

「あ、確かに聞こえますね」

猫のか細い鳴き声がする。

「この下にいるんじゃないかと思って」

と訴える仲村さんに向かって土井垣が、「フタを外してみましょう」と応じる。

例のX字型の専用工具のツメを左右の手掛け穴に掛けると、「せーのっ!」の掛け声でふたりは持ち上げた。

「あら！」

側溝を覗き込んだ仲村さんが声を上げる。

土井垣も、「ほう」と声をもらすと、厳《いか》つい顔を柔和な笑みで崩した。

コンクリートのU字側溝の底に、白い子猫がいてこちらを見上げている。外に出してやるためにかがもうとするリコの横で、仲村さんが素早く動いて子猫を抱き上げた。

「暗いところにずうっといて、かわいそうだったわねえ」

午前中の雨で、猫は濡れて汚れていたけれど、仲村さんは少しも気にしていなかった。

土井垣とリコは、ほほ笑みながら彼女を見守る。

「仲村さんの猫ちゃんですか？」

とリコは尋ねる。

彼女が猫に頬ずりして、首を振る。

「どこかで側溝のフタが壊れているか、ずれたかしたんだろう。そこから自分で入り込んだか……」そこまで土井垣が言い、少し躊躇したあとで、「考えたくはないが、誰かが側溝にこの子を入れたかだ」と考えを述べる。〝この子〟という呼び方に愛が感じられた。

「この子、わたしが育ててもいいかしら？」

土井垣につられたように、仲村さんも子猫をそう呼ぶ。

「迷い猫という可能性もあるので、うちのほうで張り紙をつくらせてください」とリコは応える。「誰も名乗り出てこなければ、その時にはぜひ。それまで、この子を預かっていただけますか？」

「ええ。ええ、いいですとも。ええ」と仲村さんが言い、「ありがとうございました」と頭を下げた。さらにもう一度、今度は猫の手を持って、「ありがとうございました」と言う。

その声がリコの胸にじんわり深く広がった。きっと、猫ちゃんの分もお礼を言ってくれたんだ。

土井垣が、黄色と白の道路維持作業車を生活道路の側溝に沿ってゆっくりと走らせる。やがて、コンクリートのフタがずれて、ぽっかりと底を覗かせている場所を見つけた。

「本来あってはならないことだ」

土井垣が例の口癖を発し、対処するためにふたりで作業車を降りた。

あの子猫は、こんなに離れたところからずっと出口を求めて闇の中をさ迷っていたんだな。どんなに怖かっただろう。そう考えると、確かにあってはならないことだった。

「せーの！」と声を合わせ、側溝のフタを元に戻す。

「ガキさん、これ、先日お話しした道路の不具合を、市民の方に通報してもらうアプリについてです」

役所に戻ると、リコは土井垣の机に企画書を置いた。今日が潜入調査の最後の日である。

「通報した情報が現在どのような状態――受付できたのか？　対応中なのか？　完了したのか？　をｗｅｂ上で確認できる項目を追加しました。市民の方と行政側との双方向でのやり取りを可能にする必要があると思うんです。市民の皆さんには、状況が目に見えることで、行政に声が届いているという実感が湧くと思います」

とリコは訴える。土井垣は静かに耳を傾けていた。

「開発コンセプトは次の三つです。ひとつ目は市民サービスの向上で、市民が町の課題を簡単に伝えられ、行政側が速やかに対応する仕組みと体制づくりです。ふたつ目が行政への市民参画の推進で、市民が参画しやすい環境、システムの構築をします。三つ目が市民のニーズを的確に把握し、対応、回答を行うまでの過程をシステム化することによる、業務の効率化と時間短縮です」

「よし」

土井垣が頷く。

——やった！

「あたしが現場に出ていなければ、市民の方と行政側との双方向でのやり取りといった発想は浮かばなかったと思います」

席にいる土井垣が、リコの顔を見上げる。

「マンマミーア、どうやらおまえ気がついたみたいだな、この新人教育の意味を」

そう、やっとそれが分かった。

「はい」

と応えたあとで、ふと思う。

「あの、マンマミーアって……」

土井垣が、照れ臭そうに目じりにしわを寄せた。

「猪俣さんが、おまえをそう呼んでいたからな」

　リコは、時間外窓口で警務員の猪俣が咲かせた笑顔を思い出す。

「昔、猪俣さんは道路管理課に事務職として在籍していたんだ。その頃、俺は腰を痛めてな。そいつをこじらせちまった。もう現場の仕事ができなくなる。そうなれば現業職として採用された以上、役所を辞めるしかないと覚悟した。家のローンはあるし、娘がふたりいる。どうしたものかと、頭を抱えた」

　その時、声をかけてくれたのが猪俣だったという。土井垣は以前勤めていた橋梁メーカーに在籍中、一級土木施工管理技士とコンクリート技師の資格を取得していた。そうした資格を持つ土井垣を技術職に異動できないかと、猪俣が上に交渉したのだ。

「では、ガキさんは仕事の実績を認められ、技術職に取り立てられたのではないと？」

　すると、彼が頭を掻く。

「なんか、俺のことをレジェンドとか噂する職員もいるらしいが、そんなんじゃねえからな。俺は猪俣さんに救われたんだ」

　そういうことだったのね、とリコは思う。

「パワハラだって訴えられた時、人事委員会の喚問で証言してくれたのも猪俣さんだった」

腰痛を抱えながら自ら現業に付き合って、新人に伝えたいことが彼にはある。その理由を、しっかりとサユリさんに報告しなければ。

土井垣がリコを見た。

「なあ、マンマミーア、おまえが女だとか男だとか、若いとか齢食ってるとか、そんなのは関係ねえんだ。ただ、それができるということが必要なんだ。なにより、おまえはひとりでできたじゃねえか」

「まあ」

「できると思ったから任せたんだ」

「ガキさん……」

「もちろん、なにかあれば助けてくれる者はある。俺にとっての猪俣さんがそうだったように」

土井垣がにやりとする。

「おまえに一ヵ月の新人教育を体験した成果を形にしろって言ったが、確かに市民通報アプリでそれを出したな」

「ガキさん、もうひとつあるんです。郵便局前の交差点です」

「あのボトルネックか」

　リコが頷く。

「あそこって、右折待ちのクルマが、後続車両を堰《せ》き止めることが渋滞の一因になってます。そこで右折レーンを設ければ、慢性的な渋滞の緩和になるのではと考えました」

　すると、土井垣がぱっと目を輝かせる。

「マンマミーア、おまえ、よく——」

「この間、救急車に道を空けた時に気がついたんです。この一車線道路って、意外に広いぞって」

　土井垣が感に入ったように小さく首を振った。

「あそこの渋滞は、俺たちにしてみれば見慣れた風景になっちまっていた。交差点を少し拡張すれば、確かに右折レーン、イケるな。改良工事が必要になる——さっそく来年度の補正予算をぶんどるぞ」

　その日はつつじ市役所から、コキン部分室に報告のために戻った。以蔵は、もう手袋をしていない。明日から四月だ。

「一ヵ月お疲れさまだったね」

小百合が、以蔵とリコを迎え入れる。六時半を過ぎていて、窓の外は薄暗かった。その窓にある人物の姿が映っていてぎょっとする。

リコは素早く、出入り口脇の応接セットを見やった。トレンチコート姿で、七十歳ほどの男性がいる。リュックを背負っているため、ソファに浅く腰掛けていた。窮屈そうに彼が脚を組む。なんと、つつじ市役所の職員食堂で見かけたあの人物である。

「で、どうだったんだい？」

と小百合が報告を求めてきた。

「え、でも……」

部外者の存在に躊躇していたら、「そちらの方にも、一緒に聞いてもらおう」と促される。

そこで、リコは従うことにした。

「なぜ、ガキさんが——土井垣さんが、あのような新人教育を行うかが分かりました。市民の皆さんの生の声が聞けるからです。役所の仕事はやって当たり前。〝ありがとう〟なんて言ってもらえることなど、滅多にありません。技術職や事務職としてデスクワークになると、そうした機会はますますなくなります」

「で、アータは、土井垣主任技師の新人教育を、来年度からも続けたほうがいいと判断したんだね？」

「はい」

きっぱりと応える。

それまで無表情のまま黙っていた正体不明の男性が、「よく分かった」と声を発した。

「俺っちのほうから市長に伝えとこう」

「市長って、つつじ市の市長さんですか？」

リコが訊いたら、男性が頷く。

「この事案は、もともと俺っちが市長から直接頼まれたもんだからな」

「どういうことです？」

リコの疑問に対して、口を開いたのは小百合だった。

「こちらは、灰神楽鋭介《はいかぐらえいすけ》さん。コキン部分室の生みの親だよ」

灰神楽がマスクを外して、顔を覗かせる。好々爺《こうこうや》といった印象だったが、再びマスクを着けると学者然とした印象に戻った。

以蔵が驚いている。

「灰神楽鋭介って、長期政権を支えた内閣総理大臣補佐官の!? つつじ市役所の食堂でご尊顔を拝した時には、どこかでお見かけした方だとー」

しかしリコにはぴんと来ない。

「ジョーさん、どうしてそんなこと知ってるんですか？」

「どーしてって、おまえが時代劇ばっか観てて、ニュースチェックしてねーからだろ」

それにしたって、フツー知ってるか、内閣総理大臣補佐官の名前なんて？ ってか、内閣総理大臣補佐官なんて官職自体あるなんて知らなかったし……。

「まあ、内閣総辞職とともに、俺っちも一般人に戻ったがな」

「でも、いまだに政財界のご意見番として影響力を持ち続けていると」

以蔵は恐れ入っているが、ご意見番といえば旗本《はたもと》の大久保彦左衛門《おおくぼひこざえもん》だよね、とリコは思う。魚屋の一心《いっしん》太助《たすけ》とW主演で活躍するのだ。

「広報は大切だ」灰神楽が誰にともなく言う。「例えば、島国で暮らす我々は、日本と日本人について、ある共通したイメージを持っている。ところが、我々が抱いている日本と日本人のイメージと、諸外国から見たイメージが異なっているとしたら？　それは、すなわち日本が正当に評価されていないことになる。外交だけでなく経済活動にも、いや、あらゆる場面でマイナスになる。ひいては日本の凋落につながるんだ。そこで、日本や日本人のよい点、知ってもらいたい点を諸外国に理解してもらい、間違ったイメージを正す発信を行う必要がある。技術力による革新的プロジェクトや日本人が取り組んでいる政府開発援助《ODA》、四季の美しさ、アニメなどのサブカルチャー等々を積極的に広報しなければならない。そのメッセージは、短くシンプルなほうが相手に届く」

　リコも、灰神楽がハイテンションでせかせか語る言葉に聞き入っていた。

「今の日本は元気がない。俺っちは、国民を元気づけたいと思い立った。そのために、短くシンプルなメッセージを発信することにした。日本を支えているのは多くの企業だ。その企業で、みんなに元気で働いてもらいたい。俺っちは、働く現場の困りごとを、スピーディーに、フレキシブルに解決する小部隊を組織することで、国民に短くシンプルなメッセージを発信しようと考えた。それで、霞が関に働きかけたっちゅうわけだ。職場の環境がよくなると、従業員は一生懸命働く。そうすると、会社がよくなる。いい会社が増えると、日本がよくなる。雇用環境・均等部千鳥ヶ淵分室は、企業と国民を元気づけるための短くシンプルなメッセージなのだ」

そこでリコは言ってみる。

「短くシンプルなメッセージとおっしゃいますが、〝国民を元気づけたい〟という意図のわりに組織の規模が小さいような。やっぱり予算の問題なんでしょうか？　事務所を見ても分かります、なにしろ九段上ビル、い、い、ビルヂングですから」

すると饒舌だった灰神楽の口調が、急に煮え切らない感じになる。

「うーん、そこは、まあ、あれだ、パイロット版っちゅうことだよ。きみたちの活動が評価されれば、組織も大きくなるっちゅうことだ」

ソファに浅く座っている彼が、せせこましい動きで脚を組み替えた。

そこで小百合が、援護するようにしっかりと頷く。それを横目に見て、灰神楽が続けた。

「俺っちが中小企業庁長官だった頃、コキン部の名物指導官サユリちゃんとよく仕事をした。〝チョーカンのその目で、実際に見てください！〟っちゅうてな、現場に連れ出されたものよ。多少お節介なところはあるものの働く人のために尽力するサユリちゃんの仕事っぷりの、俺っちはファンだった。千鳥ヶ淵分室の室長には、迷わずサユリちゃんを任命した。〝あんたの部下となるメンバーは、どこからでも自由に連れてきていいよ〟っちゅうてな。そして、こうも伝えた。〝社会の綻《ほころ》びを紡《つむ》ぎ直し、危機の時代を乗り切る中心に立ってほしい〟と」

そうして、以蔵とリコはここにやってきたのだった。ここ、職場の斬り込み隊に。

リコは自分の思いを、この際だから小百合に直接ぶつけてみる。

「サユリさんは、ハローワーク吾妻のチャコ所長に、〝誰でもいいから人を貸してもらえないでしょうかって頼んだ〟って言ってましたよね。それで、あたしはコキン部分室に来ることになった。つつじ市の仕事は、あたしをテストするためのものだったのでしょうか？　つまり、使い物になるかどうかを試すための――」

「アタシたちの使命は、事業所で虐《しいた》げられてる人を救済するだけでなく、働いている人の名誉を守ることでもある。今回の事案が、まさにそうだった。そんな重要な任務を、テスト中の指導官に任せたりするものかね。マンマミーアちゃん、アータだから任せたんだよ」

その言葉が嬉しく沁みてくる。

「サユリさん！」

リコは感極まっていた。

四月の朝、リコは散り始めた千鳥ヶ淵の桜を眺めながら歩いていた。あれから一年が過ぎたのだ。

コロナ禍で迎える三度目の春。パンデミックへの苛立ちが人の心を荒れさせているのか、仕事と職場への不満は途絶えることなく持ち込まれてきていた。あたしたちは今、混迷の中にいる。だが、この時代を振り返る日がきっと来るだろう。

いいニュースもあった。つつじ市のU字側溝から救出した子猫は、仲村さんが正式に引き取ることになったそうだ。リコがスマホで撮った写真を載せた迷い猫の張り紙を掲示したのだが、誰も名乗り出てこなかったのだ。まあ、子猫ちゃんにとってはよい飼い主と巡り会えたといえるだろう。もうひとつ、ミノリはテーゲー大音楽学部付属音楽高校に合格し、四月から通っている。邦彦一家も東京に引っ越してきて、菓子の家の近くに居を構えた。

「おはようございます」

分室のドアを開けると、小百合と以蔵が、〔コキン部〕と白抜きされた緑色の勝負マスクを着けていた。

「待ってたぞ、マンマミーア。俺たちが追ってた職場恋愛禁止令の事案なー、あれ急展開した」

以蔵に言われ、リコも慌てて勝負マスクに着け替える。

「さあ、出陣だよ！」

小百合の雄叫びとともに、花吹雪が舞う中に三人で出ていった。

あとがき

中学生の時、服装検査で髪が耳に掛かっていると注意を受けました。数日前に理容室に行ったばかりなのに、です。先生からの連絡帳を見せると、母はじっと僕の髪型を見ていました。髪の毛は耳につくか、つかないか程度の長さです。母は小首をかしげながらも、もう一度理容室に行くよう促しました。理容室の店主も小首をかしげてから、僕の耳の上を調髪しました。そして、料金はいらないよと言ってくれたのです。うちの校則は厳しいのではなく、ヘンだというのが少年ウエノが抱いた見解でした。このままでは日本は滅びる、と。この一件が、何事にも懐疑的な現在の人格を形成したのは間違いありません(ほんとか?)。

社会に出てからも、ヘンなルールに幾つも出合いました。そんなルールに物申してくれる職場の斬り込み隊がいたら——それがこの小説を書くきっかけでした。ストーリーの語り手には、『天職にします！』でハローワーク職員だったリコに、人事交流で雇用環境・均等部に異動（こういう異動は実際あるそうです）することで引き続き登場してもらいました。

コキン部千鳥ヶ淵分室は架空の部署であり、登場するキャラクターとエピソードはフィクションです。第五章で以蔵が少女を救出するエピソードは、グレート－Ｏ－カーン氏が酔客《すいきやく》から女児を救ったニュースをヒントにしています。

執筆にあたり、多くのプロフェッショナルのお力を拝借しました。また、方言の監修を富山県首都圏本部の皆さんにお願いしました。深く感謝しています。作中で事実と異なる部分があるのは、意図したものも意図していなかったものも、すべて作者の責任です。

厚生労働省東京労働局雇用環境・均等部指導課の皆さん
太平観光株式会社の皆さん
株式会社オオハシ・塩野武男代表取締役
株式会社ＮＣネットワーク・内原康雄代表取締役社長

武州工業株式会社・林英夫相談役
株式会社浜野製作所・宮地史也取締役副社長
帝京大学理工学部航空宇宙工学科・河村政昭准教授
株式会社大日光・エンジニアリング・山口琢也代表取締役社長執行役員兼ＣＯＯ
綾瀬市産業振興部工業振興企業誘致課の皆さん
綾瀬市土木部道路管理課の皆さん

（社名は取材順、肩書はすべて取材当時です）

解説

長谷川榮一《はせがわえいいち》
（元内閣総理大臣補佐官兼内閣広報官）

上野歩《うえのあゆむ》さんが、昨年末に上梓した『天職にします！』で活躍するマンマミーアこと間宮璃子《まみやりこ》さん。最近、ご一緒した席で、上野さんから「近々、マンマミーアが登場して、またまた活躍しますよ」と伺い、楽しみにしていた。ゲラを頂いて、一気に読了した。マンマミーアさんの、今度の職場のパートナーは城ヶ崎以蔵《じょうがさきいぞう》さん。上司は漆原小百合《うるしばらさゆり》室長。厚生労働省東京労働局が事務所本体から離れた千鳥ヶ淵に「雇用・環境均等部千鳥ヶ淵分室」を構えて、3人が機動的に動く。活躍ぶりも、どこかのテレビ局が続ける長命の刑事モノ作品にある特命係を見る思いだ。最後の章になると、なんと内閣総理大臣補佐官で官邸広報を扱っている人物まで登場する。世の中に、多く存在する長谷川榮一ではなく、灰神楽鋭介《はいかぐらえいすけ》という、人々を煙に巻いてしまうような響きのある名前を頂いて。

上野さんとの出会いは、私との交友が25年以上も続いている株式会社NCネットワークの内原康雄《うちはらやすお》社長からの紹介がきっかけだった。内原さんから「私の学生時代からの友人の上野さんは、中小企業の現場とそこで働く人々の実情、そこに関わる国家公務員が仕事にいそしむ姿を小説にしている。彼の作品を読んでください」と勧められ、『労働Gメンが来る！』を頂いた。「国家公務員の仕事する姿」と聞いて関心が高まった。私は国家公務員を40年以上務めたが、その間、公務員批判は強まることが多かった。接待漬けが極まり、国家公務員倫理法まで制定された。天下り批判も強く、国家公務員法が改正され規制が強化された。また、経済官庁職員のくせにインサイダートレードをした者まで現れた。一方で、法令違反にはならないまでも非効率な仕事ぶりにも批判が向いた。私と交友が深い内原さんや仲間の皆さんでさえ、「公務員」とは呼ばずに「行政さん」と呼ぶ。そこには「型にはまった仕事ぶりで、対応に時間がかかることも気にしない、機転の利かない人々」という意味合いを感じた。こうした中で「官僚は信用ならないから政治家である国会議員が主導権を取る。政治家の了解なく勝手に動くべきでない」といったような、「政治主導」を自分流に解釈して支持を得た政権も現れた。確かに批判に値する不埒な公務員も、省庁の至らない働きぶりも多い。今や民間で納税者の一人となった私も、批判したくなることはある。

しかし、多くの公務員は堅実に職責を果たしている。任務を、間違えずに、遅延なく、法令や上司の命に従い、執行してくれている。そのおかげで安全で、安心した毎日を過ごせると思う人たちも多いのではないか。この作品、前作の『天職にします!』、さらには『労働Gメンが来る!』が採り上げている労働基準監督署やハローワークの職員も、労働基準法や雇用保険法などの法律に従い、現場で国民と直に接しながら仕事をしている。総理大臣官邸に現れたり、国会に出て来たりする幹部官僚とも、外交交渉に出かけテレビで紹介される官僚とも違う。しかし、国民の仕事探しを支援し、就職後に職場で上手く馴染んでいるか?をフォローして職場への定着をサポートする。まさにその人の人生に直接に役立つ仕事だ。前作では「デジタルデータでは得られない、人を介したサービスを受けられるのが、こうした専門施設に通うメリットだと思う」という職員の話が出て来る。通奏低音として流れるのは、マンマミーアや城ケ崎の自らの職務への責任感、それを支える誇りだ。

これらの仕事の中では、個人情報があまた発生するので、その様子を官側から発信するにはなじまないことが多い。だからそうした場面や職員の仕事ぶり、相談者の実情などを素材にして上野さんが小説の形で世に発信してくれたことは、現場で汗をかく公務員にとって大きな励ましになるに違いない。

ところで、私たちにとって「仕事」とは何だろうか？

「生活のために仕事をする」、「生活費を捻出する」という答えもあるだろう。不況時には、そういう面が強いかもしれない。政治家の公約にも「仕事を確保する」、「失業者を出さない社会をつくる」は必ずと言ってよいほど現れる。そして、これは日本に限ったことではない。

一方で、「人生の質を高めるために仕事で技を磨く」、「目標を定め、達成感を味わう」、「仕事を通じて友が増える、人脈も広がる」といった捉え方もあるだろう。その過程を進めば、収入も地位も上がり、家族も増え、交友の輪も広がっていくという結果がついてくる。地域社会にも貢献できるし、親の恩に報いることもできる。夢の実現も視野に入る。「オリンピックでナショナルチームが使うボブスレーを仕上げる」、「宇宙に達するロケットづくり」など仲間と夢を共に追い続けている友人の話を伺うと、頑張って成功して欲しいと感ずるし、同時に夢を追うその姿が眩しくも、羨ましくもある。本書の中でも、創業者でもあり父でもある日原《ひはら》清《きよし》会長から社長を受け継ぎ、その父親からクビを宣告された日原直樹《なおき》が、城ケ崎以蔵から「宇宙ビジネスはおカネになるんスか?」と問われてこう答える。「そこにかけるパワーがものすごくて、費用対効果が小さい。(中略)しかし、品質・価格・納期を追うばかりでなくてもいい。売り上げを伸ばしていくばかりが、目標ではないんです。(中略)スタッフのテンションが上がる仕事だからやるんです」と。昨今、世界中の企業の経営で求められている「パーパス(目的)を重視するESG」のS(社会)やG(ガバナンス)が、既に実践されているではないか。

同時に、私の脳裏にはリーマン・ショックの時に立案した「ものづくり補助金」のことが思い出される。2008年9月に、地球の反対側から景気を潰す負の津波が日本を襲ってきた。リーマンショックだ。当時、日本の金融機関はバブルショック対策を経て自己資本を厚くしており、金融機能は動揺しないと思われていた。実際、経済財政政策担当大臣だった与謝野馨《よさのかおる》氏は「蜂に刺された程度の影響」と表現していた。ところが、米国の或る金融機関の破綻は、全米はおろか欧州にも伝染し、金融機関間の取引が止まったために、企業は金融機関を頼らなくても済むように、手持ちキャッシュの防衛に走り、新規の発注を絞って在庫の活用で対応した。この在庫対応分の発注量が減り、そのための部品の調達も減った。それはそのための原材料発注や輸送の仕事も減らしていった。この種の縮みの連鎖が頻発し、一連のサプライチェーンといわれる親企業、下請け企業、外注先企業の間の受発注の総量が収縮した。その波は瞬く間に日本に押し寄せ、国内の不安は拡大した。「倒産を1件でも少なくする」ことは、当時、中小企業庁長官だった私の最優先課題だった。与謝野大臣はもとより、二階《にかい》俊博《としひろ》経済産業大臣も先頭に立って中小企業への資金供給対策に奔走した。

と同時に、私は、受注が減った企業の従業員を活用する対策も実施した。受注が半減すれば、工場現場の従業員も半数が失業しかねない。ならば、彼らに普段できない作業、つまり部品や素材づくりではなく、普段受注している部品を使って完成品を試作させる、それを補助するとの施策を、伊藤達也《いとうたつや》・自由民主党中小企業調査会長の支持を得て立ち上げた。それが「ものづくり補助金」だった。下請けの部品づくりの中小企業が、完成試作品を自ら作ることで、普段使うことのない技術力を発揮できる、最終製品のユーザーを自ら訪問し値付けや価格交渉を経験できる、浮いた従業員は忙しくなり、リーマン・ショック終息後に向けて新製品の提案力をつけ、生産ラインの点検と改良案を具体化できる。遊休期間を、次のチャンス到来時の準備期間にする前向き施策にしたのだ。

民主党政権は「仕分け」でこの補助金をいったん潰したが、2012年末からの安倍晋三内閣は、中小ものづくり企業を重視しこの補助金を復活させた。補助金で得た強さを発揮して収益を上げれば、税収も上がるダイナミクスに着目したのだ。

本書にある灰神楽の「俺っちは、国民を元気づけたいと思い立った。(中略)日本を支えているのは多くの企業だ。その企業で、みんなに元気で働いてもらいたい。俺っちは、働く現場の困りごとを、スピーディーに、フレキシブルに解決する小部隊を組織することで、国民に短くシンプルなメッセージを発信しようと考えた。(中略)職場の環境がよくなると、従業員は一生懸命働く。そうすると、会社がよくなる。いい会社が増えると、日本がよくなる」に通ずる。本書ではさらに「雇用・環境均等部千鳥ヶ淵分室は、企業と国民を元気づけるための短くシンプルなメッセージなのだ」と続く。

昨今の人生100年時代では、いつまでも仕事にいそしむことは老化を防止し、人間が活力を維持できるとの文脈でも仕事が語られる。米国でも *Unretirement*（引退なし）(Chris Farrell) という名の書物が出るくらい外国にも共通する現象だ。かくいう私自身、70歳になり、こうしたことを実感している。

日本国憲法は第27条第1項で「すべて国民は、勤労の権利を有し、義務を負ふ」と定めている。勤労は「権利」でもあるのだ。

日原会長の発言を、もう一つ採り上げたい。それは「会社についても、かわいいなどといった言葉は使えない。なにより私には、会社に対して責任がある。会社と社員に対する責任が」というものだ。調査機関ギャラップ社が2016年に米国で実施した調査によれば、政府、議会はもとより裁判所、銀行、大企業、教会、新聞への信用度が以前と比べ軒並み落ちている。その中で、落ちていないのは小規模事業者（small business）と軍（the military）だったそうだ。「軍」とは日本であてはめれば自衛隊のことだろう。なぜ、小規模事業者なのか？　それは自らの双肩で全責任を負い、苦境に遭遇してもそれを果たそうとするからだろう。日本でいえば、まさに中小企業経営者だ。一人で、従業員やその家族から始まり、顧客、取引先、親企業、金融機関、地域社会などに至るまで責任を持つ。「責任を持つ」ことは主体性を備えることだ。孤独感にも耐えなければならない。そうした強さと優しさを兼ね備えた人が一人でも多く現れることで、社会も国も基盤が固まる。今、多くの中小企業経営者が高齢化の波に覆われ、後継問題に直面する。一方で、健康な方にはいつまでも仕事を続けることが期待されている。大学に対しても実学重視がこれまで以上に求められよう。地方労働局はもとより中小企業庁、都道府県や市町村の担当部局が力を合わせて、後継問題に取り組んで頂きたい。

実は、私は半世紀前からマンマミーアを知っていた。スウェーデンのポップグループABBAがこの名の曲を大ヒットさせていたからだ。ABBAは、最近、アバターを使って演奏活動を再開し、この曲を奏でている。上野さん、無論、私よりかなり若い世代だが、ABBAのファンなのかもしれない。

かつては標準形であり、親も本人も望んだ終身雇用制、大企業志向が綻びを見せて久しい。新卒学生の3〜4割の方が、最初に就職した職場を3年以内に辞めているという。現在の仕事を通じて、自分の適性や夢を発見し、次への作戦を確認していく。一つを成し遂げたら、次の目標を作り、挑む。そうした自分の人生充実戦略の中で、自らが正しいと思えば、新しい職種、職場に移る。無論、創業もある。コロナ禍は多くの人々に、自らに責めがないのに過酷な試練を与えている。このような環境の中でマンマミーアさんや城ケ崎さんの仕事はかつてなく重要さを増している。お二人、漆原室長、そしてコキン部の成功を願ってやまない。

本稿脱稿後の2022年7月8日、安倍晋三元内閣総理大臣が、選挙の応援演説中に凶弾に斃《たお》れ、帰らぬ人となられた。私は、驚愕、一命を取り留めて頂きたいとの祈り、悲しみ、悔しさに相次いで襲われ、今なおこの事態を受け入れることができない。

安倍元総理は、在任中、中小企業こそ日本の経済だけでなく地域社会の支柱であるとの考え方に立ち、投資を促し生産性を上げるものづくり補助金だけでなく、下請事業者が適正な条件で取引をできるよう不当な取引慣行の是正などを官邸主導で進めた。男性・女性双方の中小企業経営者と、官邸の中で、また外で食事会を重ねて実情を伺った。そこでは「総理大臣の演説で『金型』を採り上げたのは私が初めてだ」、「皆さんが頑張り易い経済環境を作るのが政策の柱だ」などと熱く語ってもいた。総理大臣として、アジア、中東欧、中東、中南米、中央アジアなどを訪問した時にも、中小企業経営者に同行してもらった。訪問先の首脳との会談で、彼らにプレゼンをしてもらい、日本の中小企業の生の姿を海外で発信することに熱心だった。

結びに当たり、こうした安倍元総理の仕事ぶりの一端に触れることをお許し頂き、筆をおく。

主要参考文献

長谷川榮一著『首相官邸の2800日』新潮社
峯岸邦夫編著『今日からモノ知りシリーズ　トコトンやさしい道路の本』日刊工業新聞社
『東京人2013年7月号no．327特集東京鉄道車窓100』都市出版
『ニュースの門　永田町　煙ったままの喫煙対策』二〇二一年二月十九日付読売新聞
『TOKYOたてもの探訪67　東京女子大礼拝堂　コンクリート素朴な美』二〇二二年五月二十一日付読売新聞

この作品は光文社文庫のために書下ろされました。

光文社文庫

文庫書下ろし

あなたの職《しよく》場《ば》に斬《き》り込《こ》みます！

著 者 上《うえ》野《の》 歩《あゆむ》

2022年9月20日 初版1刷発行

発行者 鈴木広和
印 刷 萩原印刷
製 本 ナショナル製本

発行所 株式会社 光文社
〒112-8011 東京都文京区音羽1-16-6
電話 (03)5395-8149 編集部
8116 書籍販売部
8125 業務部

ISBN978-4-334-79422-4 Printed in Japan

組版 萩原印刷